UN OISEAU DANS LA MAISON

Margaret Laurence

Un oiseau dans la maison

Le cycle de Manawaka

Traduit de l'anglais (Canada)
par Christine Klein-Lataud

Alto | Nota

Les éditeurs remercient le Conseil des Arts du Canada et la SODEC
pour leur soutien financier.

Les Éditions Nota bene reconnaissent l'aide financière
du gouvernement du Canada par l'entremise du Programme d'aide
au développement de l'industrie de l'édition (PADIÉ)
pour ses activités d'édition.

Titre original : *A Bird in the House*
McClelland and Stewart Limited

Pour la présente édition :

ISBN : 978-2-923550-28-2 (Alto)
ISBN : 978-2-89518-337-2 (Nota bene)

L'écouteuse professionnelle

Nadine Bismuth

L'univers auquel nous convie Margaret Laurence dans son magnifique recueil *Un oiseau dans la maison* est celui des familles Connor et MacLeod. Au sein de ces deux clans grandit la petite Vanessa, la narratrice sous qui, on le devine, se cache l'écrivain, de la même façon que l'on entend la voix de Gabrielle Roy sous celle de Christine dans *Rue Deschambault,* ou que percent les accents de Mordecai Richler sous les réflexions du narrateur de *Rue Saint-Urbain.* Cette voix d'enfant, à laquelle tant d'écrivains ont recours pour revisiter le passé, est empreinte chez Margaret Laurence d'une justesse d'émotion à la fois touchante et exempte de sentimentalisme; rares sont ceux qui ont su exploiter avec une telle finesse l'enfance en tant que poste d'observation privilégié de la vie. N'en déplaise à Vanessa, qui « déteste le fait d'être si jeune » et qui se plaint du « fardeau glacé de [s]on inexpérience », dans *Un oiseau dans la maison,* l'enfance est ce moment unique qui lui permet de raconter, avec la candeur précieuse de celui qui voit pour la première fois, l'histoire de son nid familial et des multiples tensions qui s'y tissent, rendant ainsi pleinement justice à la célèbre phrase de Tolstoï: « Les familles heureuses se ressemblent toutes ; les familles malheureuses sont malheureuses chacune à leur façon. »

Il est vrai qu'une sorte d'esprit russe plane au-dessus de ce recueil, que l'on pense au décor souvent enseveli sous la neige dans lequel il est planté, à la solitude des femmes qui y évoluent, à la morosité du quotidien ou à la mélancolie de la narration. Comme partout au pays, à Manawaka, lointaine banlieue de Winnipeg, la Grande Dépression sévit. Pourtant, Vanessa n'est pas trop ébranlée par ce climat économique; comme bien des enfants, elle «[voit] seulement ce qui se pass[e] dans [sa] famille», ce qui constitue déjà un riche tableau où toute une mythologie se déploie. Ainsi, en dépit des plaintes de sa mère, son père médecin, Ewen, n'a d'autre choix que d'accepter les porcs graisseux et les dindes faméliques que ses patients lui offrent en guise de paiement en attendant la fin de la crise. Le temps est également suspendu pour Edna, sa tante célibataire qui a perdu son emploi de secrétaire à Winnipeg et qui a dû regagner Manawaka, où elle «s'use les doigts jusqu'à l'os» à s'occuper des tâches ménagères dans la Maison de brique, pierre angulaire du recueil. Au sein de cette maison, «celle qu'entre toutes elle porte en [elle]», son grand-père Connor bourru et grincheux étend son empire tandis que sa grand-mère Connor semble accepter son sort comme le petit canari en cage sur lequel elle veille. S'il ne déplaît pas à Vanessa de se rendre à la Maison de brique tous les dimanches soirs afin d'assister au traditionnel repas de famille, c'est toutefois à son grand désarroi qu'elle devra aller y vivre avec sa mère et son jeune frère après la mort de son père, même si cela signifie qu'elle quitte enfin la maison sa grand-mère MacLeod, la seconde figure despotique du recueil, qui ne cède pas sa place à la première. Cette femme sèche et sévère s'ennuie de la belle époque où elle recevait trente invités pour le thé et donnait des soupers de douze couverts ; aussi chérit-elle ses origines écossaises supposément aristocratiques face auxquelles la modeste lignée irlandaise des Connor ne fait pas le poids. À cette galerie de personnages inoubliables viennent s'en ajouter d'autres : Dan, le grand-oncle alcoolique ; Chris, le cousin emporté par la folie ; Piquette Tonnerre, la camarade rebelle ; Harvey Shinwell, le livreur de journaux sadique, ou encore Noreen, la domestique que Vanessa croit sorcière, pour ne nommer que ceux-là.

Occupant une place centrale parmi tous ces personnages, la petite Vanessa n'hésite pas à s'autoproclamer « écouteuse professionnelle », et ce, dès la première nouvelle. Il est vrai que lorsqu'elle n'est pas occupée à pondre dans ses cahiers à cinq sous ses propres histoires nourries d'un romantisme dont la prive son quotidien – « La mort aussi bien que l'amour semblaient fâcheusement loin de Manawaka et de la neige, et de mon grand-père tapant ses semelles sur la galerie de la Maison de brique et me disant d'en faire autant sinon je laisserais des traces mouillées tout au long du parquet ciré » –, Vanessa tend l'oreille à toutes les discussions qui bourdonnent autour d'elle, parfois tapie dans l'une des cachettes que lui ménage la Maison de brique, mais, plus souvent encore, juste là, sous les yeux des adultes, se faisant si silencieuse qu'ils en oublient sa présence : « Je me perchai sur le grand tabouret de cuisine aussi discrètement que possible. J'étais une écouteuse professionnelle. Depuis longtemps, j'avais découvert qu'il était absurde d'essayer de se cacher : la meilleure cachette était de se tenir tranquillement assise sous les yeux de tous. » Cette technique délicate lui permet de saisir tous les petits drames avec lesquels sa famille doit composer : difficultés financières de ses parents, passé désinvolte de sa tante, épisode quasi surréaliste selon lequel sa grand-mère Connor aurait un jour failli quitter son mari. C'est aussi en écoutant les adultes que Vanessa comprend que la sphère familiale constitue en quelque sorte un terrain minécontre quoi chaque membre cherche à se blinder : « chacun a son bouclier dans la famille », affirme avec raison l'oncle Terence de Toronto. En effet, que ce soit l'alcool, les sarcasmes, la colère, la religion ou les bonnes manières, les membres des familles Connor et MacLeod usent tous d'un moyen différent afin de survivre au sein de ce « vieux donjon » duquel ils ne peuvent s'échapper. Toutes ces discussions que Vanessa décode avec une lucidité désarmante sont autant de fenêtres qui s'ouvrent pour elle sur le monde des adultes, un monde dont elle est encore protégée mais auquel, elle le sait bien, elle appartiendra avant longtemps, anticipant déjà le jour où les rôles seront renversés : « Je me demandais si un jour je serais la personne qui parlerait, pendant qu'un autre enfant écouterait. Cette pensée me donna un frisson désagréable. »

Et pourtant, il y avait là si peu à s'inquiéter, car dès les premières pages du recueil, on devine trop bien que le jour où elle cessera d'être cette écouteuse professionnelle, Vanessa deviendra une raconteuse de haut vol, celle qui redonnera vie à Manawaka, rendra ses personnages immortels et reproduira leurs dialogues savoureux et pleins d'humour. «Bien à plaindre les familles qui ne peuvent pas s'offrir une grande dame», affirme la mère de Vanessa. Aussi ai-je refermé *Un oiseau dans la maison* en pensant qu'on pouvait certainement en dire autant des littératures. À ce titre, la littérature canadienne anglaise, qui n'était déjà pas en reste au chapitre des grandes dames, avec des figures telles que Mavis Gallant et Alice Munro, peut se targuer d'en compter une de plus dans ses rangs, et c'est Margaret Laurence.

CHANSONS

Cette maison de Manawaka est celle qu'entre toutes je porte en moi. Appelée « la vieille maison Connor » par les gens de la ville et « la Maison de brique » par la famille, elle était laide comme les navets d'hiver entreposés dans sa cave à légumes. Chichement ouverte sur l'extérieur, elle ressemblait à une forteresse assiégée perdue en terre païenne ; l'intérieur baignait dans une pénombre perpétuelle, sauf au plus fort de l'été. Il existait à Manawaka beaucoup d'autres bâtisses de brique vieilles d'un demi-siècle, mais à l'époque où mon grand-père avait construit sa maison, mi-habitation, mi-monument massif, c'était la première du genre.

Dressée à distance respectable de la rue, elle s'abritait derrière une rangée d'épinettes dont les branches vert sombre balayaient le sol comme les ailes sévèrement protectrices de faucons géants. L'épinette n'appartenait pas à la végétation naturelle de cette région des Prairies. Timothy Connor était allé en chercher les plants à Galloping Mountain, à une centaine de milles au nord, non pas sur un coup de tête, assurément, mais parce qu'il sentait que c'étaient les arbres qui lui convenaient. Dès le milieu des années trente, les épinettes avaient déjà dépassé la maison, et deux générations d'enfants s'étaient agrippées à ses branches, aussi rudes et noueuses que des mains de vieux fermiers, et s'étaient balancées jusqu'au cœur de ses sanctuaires secrets. Sur la pelouse, quelques violettes sauvages se risquaient à pousser, malgré les décapitations fréquentes infligées par la tondeuse cliquetante, et des lierres à fleurs mauves insinuaient leurs vrilles aux airs faussement fragiles jusqu'au bord des massifs où des gueules de loup casquées s'alignaient au garde-à-vous.

Nous allions tous les dimanches souper à la Maison de brique où habitaient les parents de ma mère. Ce jour-là, mon père avait été appelé à South Wachakwa, pour une pneumonie, aussi ma mère et moi nous hâtions-nous toutes les deux sur le trottoir. Ma mère marchait à petits pas pressés et il me fallait courir pour ne pas rester à la traîne, ce qui me déplaisait, car j'avais dix ans ce printemps-là et tenais à ma dignité.

— Papa a dit que tu ne devrais pas marcher si vite à cause du bébé. Je l'ai entendu.

Mon père était médecin, et comme beaucoup de médecins, les seuls conseils qu'il prodiguait à sa famille relevaient d'un bon sens absolument élémentaire. En fait de soins prénataux, ma mère avait droit essentiellement à : «Pour l'amour du ciel, chérie, arrête de courir partout comme une dératée» ou à la recommandation de respirer profondément et de boire beaucoup d'eau.

— Miséricorde, répondit ma mère, je n'ai pas besoin de ralentir à ce point, j'espère. Réveille-toi, Vanessa. Il est presque cinq heures et nous devrions déjà y être. Je parie qu'Edna aura fini de préparer le dîner et qu'il ne me restera rien à faire. Si seulement elle m'attendait, mais va donc essayer de lui dire. De toute façon, tu sais comme ton grand-père déteste qu'on soit en retard.

Lorsque nous arrivâmes à la Maison de brique, ma mère ralentit le pas, sachant que grand-père serait à son poste d'observation derrière la fenêtre. Elle lissa mes cheveux qui, fins et raides, me tombaient dans les yeux, et elle remit en place le col marin que je détestais et que j'étais furieuse de porter ce jour-là avec ma jupe plissée bleu marine, comme si on avait été encore en hiver.

— Tes robes d'été t'arrivent toutes au nombril, avait dit ma mère, et nous ne pouvons vraiment pas t'en acheter une cette année. Mais ce n'est pas une raison pour que je te laisse aller chez tes grands-parents habillée comme une va-nu-pieds.

Maintenant que notre allure s'était ralentie, je me mis à sauter sur le trottoir en essayant de toucher les lézardes creusées dans le ciment par un quelconque hiver et jamais réparées. Les fourmis y avaient élu domicile et sur chaque fissure s'élevait un monticule de terre bien net. Je me mis en devoir de piétiner l'une des fourmilières jusqu'à ce que la forteresse des fourmis soit complètement aplatie, et je continuai à sautiller en psalmodiant :

— Saute sur une fourmilière, tape sur ton grand-père.

— Ce n'est pas très gentil, Vanessa, dit ma mère. D'ailleurs, je croyais que c'était : tape sur ta mère.

— Et alors ? dis-je d'un ton accusateur, blessée qu'elle ait pu imaginer que le changement avait été l'effet du hasard : j'avais vraiment cru lui faire plaisir.

— Essaie de ne pas galoper dans les escaliers comme la semaine dernière, dit ma mère avec anxiété. Tu es trop vieille pour faire ce genre de cirque.

Grand-père nous attendait sur la galerie. C'était un homme grand, corpulent, avec une large poitrine, et il avait possédé autrefois une très grande force musculaire. Cette puissance élémentaire l'avait déserté maintenant, mais l'âge ne l'avait pas courbé.

— Eh bien, Beth, vous voilà, dit grand-père. Il est plus de cinq heures, pas vrai?

— Il n'est que moins dix, dit ma mère, sur la défensive. J'espérais qu'Ewen reviendrait à temps, c'est pourquoi j'ai attendu. Il a dû aller à South Wachakwa pour une visite.

— On pourrait penser que c'est permis de rester chez soi le dimanche.

— Mon Dieu, père, dit ma mère, les gens tombent malades le dimanche comme les autres jours.

Mais elle le dit entre ses dents, si bien qu'il ne l'entendit pas.

— Bon, entrez, entrez. On ne va pas rester là toute la journée. Va dire bonjour à ta grand-mère, Vanessa.

De formes généreuses, la taille escamotée par sa robe de soie brune, grand-mère était assise dans la salle à manger, à regarder le canari. L'oiseau n'avait pas de nom. Elle ne trouvait pas convenable de conférer un nom aux animaux, car elle associait cet acte à la cérémonie du baptême, réservée aux chrétiens. Elle appelait son canari «Titoiseau» et soutenait que ce n'était pas un vrai nom. Il se balançait doucement dans sa cage, les yeux fixés attentivement sur ma grand-mère. Elle se tenait souvent là, tranquille, l'air paisible, ne sentant pas la nécessité de parler ni de faire quoi que ce soit, assise derrière le rebord de la fenêtre où s'alignaient des violettes africaines dans de vieux pots peints en orange. Elle encourageait le canari à lancer ses trilles cristallins, mais c'était une créature revêche qui ne lui accordait que rarement cette faveur. Elle aimait que je reste assise là, à ses côtés, et je le faisais parfois, mais je m'impatientais vite et je commençais à me tortiller jusqu'à ce que ma grand-mère me dise en souriant : «C'est bien, mon lapin, va t'amuser maintenant.» Et je filais comme une flèche. Quand je demandais à ma grand-mère si l'oiseau ne s'ennuyait pas, elle secouait la tête et me répondait que non, qu'il avait toujours été là et n'aurait pas su quoi faire hors de sa cage. Je pensais que c'était sûrement vrai, car on disait dans la famille qu'elle était incapable de mentir, fût-ce au prix de sa vie.

— Bonjour, mon lapin, dit grand-mère. Tu es allée à l'école du dimanche ?[1]

— Oui.

— Qu'as-tu appris ? poursuivit elle, non sur un ton d'inquisition indiscrète, mais avec une confiance sereine.

---

1. Nom du catéchisme chez les protestants.

Ma réponse était toute prête, car la question se répétait toutes les semaines. J'écoutais rarement à l'école du dimanche, car je trouvais plus distrayant de composer mentalement des épopées spectaculaires dont j'étais l'héroïne, ce qui fait que je ne savais jamais sur quel texte avait porté la leçon. Mais, constamment à court de lecture, j'avais lu toute seule de longs passages de la Bible. Aussi n'avais-je aucun mal à trouver chaque semaine un verset avant de me mettre en route pour la Maison de brique. Mes citations favorites étaient généralement de nature guerrière, car je n'appréciais pas les histoires à l'eau de rose et les généalogies m'ennuyaient.

— *Comment les puissants sont tombés au cœur de la bataille,* répondis-je sur-le-champ.

— Samuel, deuxième livre, dit grand-mère en hochant la tête. C'est très bien, mon lapin.

Je ne m'étonnais pas que ma grand-mère trouvât très bien la mort sanglante de Jonathan, car quel que fût le verset, c'était invariablement son commentaire. Et en fait, cela n'avait rien d'étrange, car pour elle, tout dans la Bible était doux à son image. Les épées étaient purement spirituelles, traits de lumière et d'ombre, et des blessures ne coulait que du rouge de cochenille.

D'un pas lourd, grand-père entra dans la salle à manger. Ses cheveux étaient d'un blanc jaunâtre, mais jadis, ils avaient été aussi noirs que les miens. Son visage basané et parcheminé, au profil aquilin, était encore beau.

— Tu ferais mieux de venir dans le salon, Agnès. Pas la peine d'attendre ici. Beth dit qu'Ewen est parti à South Wachakwa. Ça sera un miracle si on passe à table ce soir.

Grand-mère se leva.

— J'allais justement venir.

Grand-père alla vers la fenêtre et scruta les plantes sur le rebord.

— Faudrait repeindre ces pots. Il me reste de la laque dans le sous-sol. Du vert bouteille dont je me suis servi pour l'appentis.

— Il ne reste plus d'orange? s'enquit grand-mère.

— Non. Il est fini. Qu'est-ce que tu reproches au vert?

— Oh, rien, rien. Je me demandais, c'est tout.

— Bon. Je m'y mettrai dès demain matin, dit grand-père d'un ton sans réplique.

Aucune tâche ne pouvait être entreprise ce jour-là, mais il n'était pas interdit de faire des plans pour le lundi, aussi est-ce à cette occupation que mon grand-père consacrait invariablement le jour du Seigneur. Frustré mais faisant contre mauvaise fortune bon cœur, il arpentait la maison comme un grand ours réveillé attendant la fin de l'hibernation forcée du dimanche. Il s'arrêta à la porte de l'entrée et la secoua, promenant ses rudes doigts experts sur les gonds de cuivre.

— Le gond a du jeu. Le goujon est usé. Faudra que j'aille au magasin voir s'ils en ont. Barnes n'aura probablement pas la bonne taille – il ne sait pas ce que c'est qu'un stock.

J'en ai peut-être un au sous-sol. Oui, j'ai comme l'impression qu'il y en a. Je vais descendre regarder.

Je l'entendis descendre pesamment les escaliers, et bientôt, du coin de son établi, monta le cliquetis léger des clous et des boulons dépareillés qu'il passait en revue. Je jetai un coup d'œil à ma grand-mère, mais si elle était soulagée qu'il soit parti fourgonner en bas, elle n'en laissa rien paraître.

Je ne savais pas à l'époque quel supplice constituait pour lui le repos dominical, aussi ne montrais-je aucune patience devant son impatience. Ce que je savais, par contre, c'est que s'il s'était conduit différemment, il n'aurait pas eu l'approbation de Manawaka. Tout le monde le considérait comme un homme droit. Il aurait été déshonorant d'avoir la réputation opposée, celle d'un «fieffé». Certaines de mes amies avaient de fieffés grands-pères. Quelle mortification pour leur famille, ces vieillards mal tenus qui passaient leur temps assis sur les marches de la Banque de Montréal en été, à cracher de longs jets de tabac ambrés sur le trottoir poussiéreux. On les qualifiait de «fieffés bons à rien» ou de «fieffés fainéants», les deux termes étant synonymes. Ces fantômes de mauvais garçons, ces piètres vestiges de libertins, dont le rire sec rappelait le croassement des corbeaux ou le craquement des feuilles mortes, m'embarrassaient terriblement, sans que j'en sache la raison. Quand je parcourais la grande rue, j'évitais de les regarder, pensant qu'ils n'auraient pas dû être exposés aux regards, qu'on aurait dû les cacher dans un grenier avec les autres vestiges trop communs pour mériter le nom d'antiquités et trop abîmés pour jamais servir à quoi que ce soit. Pourtant, ils m'attiraient aussi, inexplicablement.

Grand-père occupé, j'étais temporairement hors de danger, car s'il ne trouvait rien d'autre à faire, il me faisait asseoir sur un tabouret à côté de sa chaise et me retenait là, fourmillant d'ennui, à l'écouter parler du passé. Pour moi, il n'y avait rien de remarquable dans le fait qu'il était venu dans l'Ouest en bateau à roue et avait parcouru à pied la centaine de milles séparant Winnipeg de Manawaka. Malheureusement, il n'avait pas rencontré d'Indiens perfides aux yeux bridés ni de trappeurs fous. Rien que des fermiers ordinaires qui lui avaient fait ferrer leurs chevaux, car il était maréchal-ferrant. Il avait été le premier maréchal-ferrant de Manawaka, et avait finalement mis de côté assez d'argent pour se lancer dans la quincaillerie. Il racontait fréquemment l'épopée de ce jour important entre tous.

— Je me rappelle bien du jour où j'ai vendu la forge à Bill Saunders. C'était mon aide dans ce temps-là. Il est mort d'une tumeur pas plus tard que l'an dernier. Ça m'étonne pas. Il se bourrait tout le temps de machins frits. Moi, je lui disais tout le temps que ça vous englue l'intérieur de l'estomac, mais il a jamais voulu m'écouter. Bon, j'avais loué la boutique du vieux Carmichael, et j'ai dit à Billy : « Je vais faire dans la quincaillerie, et si tu veux la forge, elle est à toi, t'as qu'à mettre cinq cents dollars sur l'enclume. » Et il a posé l'argent, comme ça, sans barguigner. J'ai ramassé le magot, je suis sorti, et depuis ce jour-là, j'ai plus ferré un seul cheval de ma vie. C'était dur, en ce temps-là, de faire marcher le magasin, mais je chargeais la charrette de haches et de bouilloires et tout ça, et je faisais la tournée des fermes, et j'ai réussi mille fois mieux que si j'étais resté tranquillement chez moi comme certains que je nommerai pas, à attendre que la clientèle vienne me trouver.

On m'avait inculqué à la fois la politesse et la prudence, aussi ponctuais-je ses récits d'exclamations admiratives, mais toutes ces histoires ne me semblaient pas très fascinantes. Je n'arrivais pas à imaginer le magasin autrement qu'il était maintenant, un endroit morose plein d'ustensiles de cuisine, de lames de scie, d'outils de jardinage et de barils de clous. Ce n'était même plus la quincaillerie Connor, car mon grand-père l'avait vendue quelques mois auparavant et avait officiellement pris sa retraite. Cependant, il avait encore l'impression de tenir le magasin, et il allait souvent prodiguer de bons conseils à M. Barnes, le nouveau propriétaire. Un jour, il m'emmena avec lui, et je feignis de m'absorber dans la contemplation des échantillons de peinture pendant que grand-père pérorait et que M. Barnes répétait : « Bien, bien, c'est une idée, pour sûr, monsieur Connor, je vais y réfléchir. » Finalement, grand-père revint à la maison d'un pas de grenadier et dit à ma grand-mère : « Ce type est un crétin, et paresseux comme un âne, avec ça, je te le garantis. » Sur quoi ma grand-mère souffla doucement à ma tante : « Edna, va faire une tasse de thé à ton père, s'il te plaît, mon petit. »

Ma tante Edna et ma mère étaient en train de bavarder dans la cuisine, aussi je sortis. Ma mère était l'aînée des cinq enfants, et ma tante la plus jeune. Elles avaient beau avoir hérité toutes deux des cheveux noirs et des yeux bleus des Connor, elles ne se ressemblaient pas. Ma mère était fine et menue, avec de longs doigts comme ceux de ma princesse chinoise en porcelaine, et des pieds que ma tante Edna, envieuse, appelait « aristocratiques », ce qui voulait dire étroits. « Bien à plaindre, les familles qui ne peuvent pas s'offrir une grande dame », répondait ironiquement ma mère, car nous savions tous qu'elle travaillait aussi dur que les autres. Tante Edna, au contraire, était une belle femme robuste, mais ça ne lui plaisait pas. Elle disait qu'elle avait les pieds comme des péniches et n'arrêtait pas de nous demander si nous ne pensions pas qu'elle avait grossi. Ma mère, tiraillée entre l'honnêteté et l'affection, répondait : « En tout cas, ça ne se remarque pas. »

Je me perchai sur le grand tabouret de cuisine aussi discrètement que possible. J'étais une écouteuse professionnelle. Depuis longtemps, j'avais découvert qu'il était absurde d'essayer de se cacher : la meilleure cachette était de se tenir tranquillement assise sous les yeux de tous.

— Il a toujours été si actif, disait ma mère. Ça se comprend, Edna.

— Facile à dire. Ce n'est pas à toi que Ken Barnes téléphone pour se plaindre.

— Je sais, dit ma mère.

Elle se tenait appuyée au placard de cuisine, et brusquement je vis sur son visage le fin réseau que la fatigue y avait dessiné. Peut-être les rides étaient-elles là depuis longtemps, mais je ne les avais pas remarquées, et cette découverte me terrifia, car j'avais encore besoin de me croire seule à connaître la souffrance. Tante Edna examinait également ma mère avec attention.

— Tu n'as vraiment pas assez de robes. Je me suis dit que j'allais t'en faire une ou deux à la machine. J'ai ce crêpe rose – jamais je ne mets cette robe ici. La couleur t'irait bien.

— Et puis quoi encore? De la couture, en plus de la charge de cette maison? Non, Edna, tu n'as pas le temps. Ne dis pas de bêtises!

Ma mère avait une sainte horreur du rose, mais sa sœur l'avait oublié. La robe en question avait été la tenue de gala de ma tante; elle l'avait achetée quand elle était allée à Winnipeg suivre un cours de commerce, quelques années auparavant.

— Je n'ai rien à faire le soir. Je ne peux quand même pas rester à me tourner les pouces. Bon, c'est décidé. Je m'y mets la semaine prochaine.

— Merci, dit ma mère. C'est vraiment très gentil. Que va-t-on faire pour l'autre problème, Edna?

— Qu'est-ce que tu veux qu'on fasse? Pas question que j'aborde le sujet avec lui. Et toi?

— Non. Ah, quel dommage qu'il ait vendu. Peut-être que ça devenait trop dur, mais quand même…

— Moi, j'étais contre, mais tu sais ce que c'est quand il a une idée dans la tête. À l'entendre, un homme de son âge devait pouvoir se permettre de prendre sa retraite. Il disait que ça faisait assez longtemps qu'il était dans la quincaillerie. (Tante Edna se mit à rire.) La quincaillerie, du dur et du coupant – juste ce qu'il fallait. Tu l'imagines vendant des frivolités ou, à Dieu ne plaise, des douceurs?

— Ça existe, des douceurs? demanda ma mère.

— Pas dans son vocabulaire à lui, mon chou.

Elles pouffèrent, et moi, saisie du désir d'être associée à leur rire, j'abandonnai mon camouflage de silence.

— Pourquoi grand-père dit-il toujours: «Que je voye» et «L'homme que je t'ai parlé»? Il ne sait pas ce qu'il faut dire?

Ma tante Edna se remit à rire, mais pas ma mère.

— Parce qu'il n'a pas bénéficié des mêmes facilités que vous, mademoiselle, voilà pourquoi, dit-elle avec colère. Il a dû quitter l'école quand il était encore enfant. Ne t'avise pas de lui parler de ça, tu m'entends? Au moins, il ne dit pas «type» comme certaines personnes de ma connaissance.

— Ah, ah, ah, fis-je sarcastiquement, mais si doucement qu'elle n'entendit pas.

— Nessa, dit tante Edna, où est la poupée en pinces à linge que tu avais commencée?

Je l'avais oubliée. Je la ressortis et décidai que j'aurais le temps de la finir ce jour-là. À Manawaka, tout le monde se servait de pinces à ressort métallique, mais ma grand-mère restait fidèle à celles qui étaient tout en bois, avec une tête ronde en haut et deux tiges droites. Elles étaient parfaites pour faire des poupées, et je prenais un nettoie-pipe pour les bras et des bouts de papier crépon pour les habits. Celle-ci allait être une dame du temps jadis.

— Tu sais, Beth, dit ma tante, ce n'est pas vrai ce que tu dis sur ses facilités. Il en a eu beaucoup. Tout le monde pouvait réussir à l'époque. Il suffisait de travailler.

— Tu as peut-être raison, dit ma mère. Elle avait une drôle de voix, comme si elle avait honte d'avoir abordé le sujet. Elle se détourna et pencha sa tête brune sur le grand poêle à bois dont le réchaud portait en lettres brillantes l'inscription «McClary's Range». Elle piqua avec une fourchette le chou-fleur qui bouillait.

— Je parie qu'Ewen ne sera pas là à temps pour le souper. C'est Henry Pearl, et je crois qu'il va vraiment mal, le pauvre homme. Il a refusé d'aller à l'hôpital. Il a dit qu'il voulait mourir chez lui. Ewen n'aura pas un centime, bien sûr, mais espérons que cette fois on le paiera avec des poulets, et pas avec un horrible porc graisseux comme la dernière fois.

— Pourquoi est-ce que tu ne demandes pas si j'ai eu des nouvelles? dit tante Edna froidement. Puisque c'est ce que tu veux savoir.

— Bon, alors?

— Rien. Ça fait maintenant deux semaines que l'annonce paraît dans les journaux de Winnipeg. Remercie Ewen de ma part, mais j'ai peur que ce soit de l'argent dépensé en pure perte.

— Si tu crois que ça pourrait servir à quelque chose, peut-être qu'on pourrait…

— Non, dit ma tante. Je ne veux plus emprunter à Ewen. Vous avez assez de soucis comme ça tous les deux.

— Écoute, peut-être que Winnipeg n'est pas le bon endroit pour essayer. Peut-être qu'il y aurait plus de possibilités ici, à Manawaka.

— Grands dieux, Beth, tu crois que je n'ai pas essayé tous les bureaux de la ville? Ils ont déjà tous des sténo-dactylos, ou alors ils n'ont pas de quoi en engager une. Elle ne finira donc jamais, cette foutue dépression? Je me vois coincée ici, dans cette maison, jusqu'à la fin des temps…

J'avais mis trop de colle sur le papier-crépon, et les pans de la jupe de la dame glissaient et refusaient de tenir en place sur la poupée. La moitié de la jupe me resta collée sur la main et, quand je tirai dessus, elle se déchira.

— Seigneur! Saleté de jupe!

— Qu'est-ce qui se passe? demanda ma mère.

— Rien à faire pour la coller, et puis maintenant voilà qu'elle est déchirée. Regarde! Il va falloir que j'en découpe une autre.

J'attrapai les ciseaux et commençai à tailler un autre morceau de papier.

— Pas besoin de monter sur tes grands chevaux, comme dit ta grand-mère. Pourquoi ne pas laisser ça de côté pour le moment et reprendre plus tard, quand tu seras calmée?

— Non, je veux finir aujourd'hui, et je finirai aujourd'hui.

Il était devenu absolument essentiel pour moi de terminer. En fait, je ne jouais guère à la poupée, mais celle-ci était le début d'une collection que j'avais projetée. Je les voyais déjà, chacune portant un vêtement de telle période historique ou de tel pays lointain, dames en crinoline, messieurs coiffés de haut-de-forme, Écossais en kilt, Tahitiennes avec des colliers de fleurs en papier. Mais celle-ci ne ressemblait en rien à ce que j'avais prévu. Son visage de bois, sur lequel j'avais déjà crayonné des yeux et une bouche, me souriait stupidement, et je lui jetai un regard mauvais. *Tu seras belle, que tu le veuilles ou non,* lui dis-je.

Tante Edna ne semblait pas avoir remarqué l'interruption, mais ma mère me fixait d'un air dubitatif, et je regrettai de ne pas être restée tranquille.

— Tu sais ce qu'il a dit hier? continua tante Edna. Il m'a dit que j'étais presque aussi bien que Jenny – la dernière domestique, tu te souviens? Pas aussi bien, remarque. Presque.

— Ne sois pas aussi susceptible, dit ma mère. Il voulait te faire un compliment.

— Je sais, dit tante Edna d'une voix tendue. C'est ça qui est le plus drôle. Oh, Beth…

— Nessa, ma chérie, dit précipitamment ma mère, cours voir si grand-mère veut attendre papa pour souper ou non.

Humiliée et furieuse, je descendis du tabouret. Elle se pencha pour m'ébouriffer les cheveux en guise d'excuse, mais je repoussai sa main et entrai dans le salon, drapée dans une dignité boudeuse.

Grand-père marchait de long en large devant l'oriel, examinant alternativement la rue et sa montre de gousset. Il me fixa du regard, et j'hésitai. Il avait ces yeux bleus d'Irlandais que nous avions tous, mais ce n'est certes pas les siens qu'évoquait la chanson *Quand sourient les yeux irlandais*.

— Où est passé ton père, Vanessa? Il ferait bien de se presser.

Enhardie par un trop-plein de colère accumulée, je cherchai une réponse insolente.

— Ce n'est pas de sa faute, répondis-je vivement. C'est M. Pearl. Il est en train de mourir d'une pneumonie. Je te parie qu'il est en train de cracher le sang en ce moment même.

Est-ce que la pneumonie faisait cracher le sang? Tout d'un coup, je me trouvai incapable d'avaler ma salive, comme si ces flots écarlates obstruaient ma propre gorge. Ça ferait bien dans l'histoire que j'étais en train

31

de composer. *Mortellement malade dans la cabane de rondins glaciale, avec pour seule compagnie la belle dame métisse* (non, *belle métisse*) *pour veiller sur lui, le vieux Jebb s'étreignit brusquement la gorge,* etc.

— Surveille ton langage, dit sévèrement grand-père. Tu veux contrarier ta grand-mère ?

Le coup était imparable. Je ne voulais pas contrarier ma grand-mère. Il était tacitement entendu dans la famille qu'il ne fallait pas contrarier grand-mère. Seul grand-père avait le droit de la contrarier. Et nous autres, nous la choyions bien volontiers, persuadés qu'elle avait besoin d'être protégée. Je lui jetai un regard coupable, mais elle ne semblait pas s'être aperçue que des propos désagréables avaient été tenus. Si ç'avait été un jour de semaine, elle aurait été en train de tricoter un chandail, mais comme c'était dimanche, elle lisait la Bible à l'aide d'une loupe. Elle n'approuvait pas les lunettes qui, d'après elle, contrariaient la nature. Elle désapprouvait également le tabac, la boisson et les cartes, mais elle n'imposait jamais ses opinions aux autres et ne s'estimait jamais supérieure à eux. Si un visiteur allumait une cigarette, elle ne faisait aucune remarque, même après son départ. Ce n'était pas pour elle affaire de conviction religieuse, mais de bonnes manières. Elle avait un cendrier dans la maison, à l'intention des hôtes qui fumaient. Il était en verre épais, avec écrit en lettres dorées « Hôtel Queen Victoria, Manawaka ». Mon oncle Terence, le second de ses enfants, l'avait piqué un jour dans le bar de l'hôtel, mais grand-mère ne le sut jamais, et vécut dans l'illusion que c'était un cadeau que lui avait fait la direction, pour une raison ou une autre, peut-être pour s'être montré poli et bien élevé dans la salle à manger, seule partie de l'hôtel où elle pensait qu'il eût jamais mis les pieds.

Ma grand-mère appartenait à la religion baptiste modérée. Je le savais pour avoir entendu mon père dire : « Au moins, ce n'est pas une baptiste pure et dure » et quand je lui avais demandé ce que c'était, il m'avait répondu que les baptistes purs et durs croyaient à l'immersion totale : pour vous baptiser, on vous plongeait tout habillé dans la Wachakwa. À la différence de l'Église unie où j'allais avec mes parents et où le baptême s'administrait généralement à des nouveaux-nés et une seule fois dans la vie, dans l'Église de ma grand-mère, le rite était souvent pratiqué sur des adultes et pouvait revenir selon un rythme saisonnier si l'appel s'en faisait entendre. Grand-mère n'avait jamais plongé dans les eaux boueuses de la Wachakwa.

— Avec sa tendance à la pleurésie, avait dit mon père, nous pouvons rendre grâce à la Providence que ta grand-mère croie en l'usage des fonts baptismaux.

Grand-père avait d'abord été méthodiste, mais quand les méthodistes avaient rejoint les presbytériens pour former l'Église unie, il avait refusé de suivre, parce qu'il n'aimait pas tous ces Écossais qui faisaient maintenant partie de la congrégation. Il était donc devenu baptiste et fréquentait maintenant l'église de grand-mère.

— C'est un miracle qu'il ne soit pas allé à l'Armée du Salut plutôt que de la suivre, avait un jour fait remarquer tante Edna.

— Allons, allons, Edna, avait dit ma mère, en jetant un regard vers moi. Aussi n'entendis-je plus rien d'intéressant ce jour-là. Cela m'était égal, car j'étais occupée à concocter une histoire dans laquelle un bébé, baptisé par immersion totale, était emporté dans la rivière lors d'une crue soudaine. (Pourquoi une crue? Eh bien, probablement parce que ce serait justement la fonte des neiges. Administreraient-ils le baptême en cette saison? L'eau serait abominablement froide. Certains détails avaient visiblement besoin d'être élaborés.) L'enfant portait une robe de baptême en dentelle blanche, et la dernière vision qu'en eut la mère fut une forme blanche emportée dans un tourbillon vers le grand trou près de la courbe de la Wachakwa, là où il y avait des sangsues.

Tout comme grand-mère, grand-père condamnait le tabac, l'alcool, les cartes, la danse, l'usage de la chique. Mais contrairement à elle, il ne tolérait aucune de ces activités en sa présence. S'il arrivait que quelqu'un, en visite pour la première fois à la Maison de brique, allume une cigarette en présence de grand-père, il lui laissait une chance, une seule. Il n'y allait pas par quatre chemins. Il se dirigeait vers la porte d'entrée, l'ouvrait toute grande et se mettait à tousser. Puis il disait: «Plutôt enfumé, par ici, hein?» Si cela restait sans effet, il disait au visiteur de sortir, sans s'embarrasser de circonvolutions.

Tante Edna me demanda un jour combien d'amoureux, à mon avis, elle avait ainsi perdus, et quand je donnai ma langue au chat, elle me répondit : « Cinq, parole d'Évangile ! » À l'époque j'imaginais, parce qu'elle riait, qu'elle trouvait ça drôle.

Grand-père avait arrêté de marcher de long en large ; il se planta devant la chaise de grand-mère.

— Agnès, va dire aux filles de servir le souper maintenant. On ne peut pas attendre jusqu'à demain.

— Tu veux y aller, mon lapin ? me dit grand-mère. Tes jambes sont plus jeunes que les miennes.

Quand je lui eus transmis le message, tante Edna alla à la porte de la cuisine, et claironna assez fort pour qu'on l'entende jusqu'à South Wachakwa :

— Dis-lui que le chou-fleur n'est pas cuit !

— Edna ! souffla ma mère. Puis elle se mit à rire et se voila le visage de son mouchoir. Je riais moi aussi, jusqu'à ce qu'en la regardant à nouveau je m'aperçoive que ma mère s'était mise à pleurer, avec la respiration saccadée qu'on a au début, quand on sort par moins trente.

— Beth... Prestement, tante Edna avait fermé la porte de la cuisine.

— Excuse-moi, dit ma mère. Quelle idiote ! Voilà, ça va maintenant.

— Viens. On va aller dans ma chambre fumer une cigarette. Seigneur ! Qu'allons-nous devenir quand nous aurons fini l'essence de rose?

L'essence de rose était un parfum résolument capiteux qu'un de ses amis de Winnipeg avait offert à ma tante. Elle s'en servait pour en vaporiser tout autour de sa chambre chaque fois qu'elle avait fini une cigarette. Dans ces moments-là, ma mère disait toujours: «Tu ne crois pas qu'on est en train d'enseigner la fourberie à la petite?» Et tante Edna répondait immanquablement: «Non, simplement l'art de la survie.»

Je montai avec elles par l'escalier de derrière. Dans la chambre de tante Edna, il y avait une coiffeuse blanche avec un piètement fin et un miroir orientable. À côté du miroir trônait une poupée de salon offerte à tante Edna par un autre admirateur. «Un vieil ami», m'avait-elle dit. Et maintenant que j'avais dix ans, je comprenais qu'elle ne se référait pas à son âge mais au fait qu'ils étaient irrévocablement séparés, lui habitant la ville et elle Manawaka. La poupée avait une tête et un corps de porcelaine, et reposait sur une crinoline de métal recouverte de *crêpe de Chine*[2] abricot. Elle portait un chignon de boucles blondes, fait de vrais cheveux, coupés sur la tête d'une vraie personne. «Sans doute quelqu'un mort de typhoïde», avait dit tante Edna. «*Toujours gai*[2], mon chou, mais il aurait mieux fait de m'offrir des chocolats.» Dans la chambre de tante Edna, il y avait aussi un édredon de soie bleue bourré de duvet d'oie, une boîte de

2. En français dans le texte.

laque japonaise avec l'image d'une dame orientale au visage crayeux qui tenait un éventail, un bâton de camphre dans un étui de bois dont le couvercle s'ornait d'une tête de clown, un coffret à bijoux de cuir vert, plein de colliers et de boucles d'oreilles et un sac à pyjama en forme de poupée brodé de mots mystérieux tels que : « Immy-Jay » et « Oy-Ray ». Comme ma grand-mère, je croyais qu'ils n'avaient aucun sens ou que c'était du chinois, jusqu'à ce que je découvre le « latin de cuisine »[3].

Ma mère s'assit sur le lit et tante Edna commença à se brosser les cheveux devant la coiffeuse. La fumée de leurs cigarettes dessinait dans l'air des volutes bleues.

— Qu'est-ce qu'il y a, ma chérie ? demanda tante Edna d'une voix inquiète.

— Ce n'est rien. Je ne suis plus moi-même, ces jours-ci.

— Tu as l'air épuisée. Tu ne peux pas cesser de travailler au cabinet médical ? Tu n'auras bientôt plus le choix, de toute façon.

— Je veux continuer aussi longtemps que je pourrai. Ewen n'a pas de quoi payer une infirmière, tu le sais bien.

— Tu devrais au moins laisser tomber le nettoyage de printemps cette année. Battre le

_____

3. Le « latin de cuisine » est un jeu linguistique analogue au « javanais » des écoliers francophones. Il consiste à supprimer la consonne initiale du mot et à la rejeter en fin de mot en lui adjoignant le son é, ici orthographié *ay*. Jimmy devient ainsi Immy-Jay, Roy Oy-Ray.

tapis comme tu l'as fait la semaine dernière… tu es complètement folle, Beth.

— La maison est dégoûtante, dit ma mère d'une petite voix. Je veux juste laver les tapis et les placards. C'est tout. Je n'ai pas l'intention d'en faire plus.

— Tu parles!

— Et toi alors? dit ma mère. Tu crois peut-être que je n'ai pas vu que tu as fait les placards de l'office cette semaine? Cette maison est beaucoup trop lourde pour toi.

— Mère l'a tenue pendant toutes ces années.

— On était là pour l'aider, n'oublie pas. Et elle avait presque toujours une bonne.

— Le moins que je puisse faire, c'est de gagner ma pension. Je ne veux pas qu'il aille dire…

Elle s'interrompit. Ma mère se leva et passa ses bras autour des épaules de tante Edna.

— Allons, ma chérie, calme-toi. Tout va s'arranger.

Le téléphone sonna et je courus répondre, me sentant investie d'une responsabilité inhabituelle. Leur tristesse était si nouvelle pour moi; non que je n'en aie été témoin auparavant, mais je n'y prêtais pas attention. Je ressentais comme une blessure physique, comme la douleur aiguë, violente, d'une écorchure au genou. Mais j'éprouvais également un obscur sentiment de deuil. On m'avait retiré un réconfort, mais je ne savais pas ce que c'était.

«Allô!» C'était la voix du standard. Elle avait un nom, mais personne à Manawaka ne l'appelait jamais que «le standard». «C'est toi, Vanessa? Ton père appelle de South Wachakwa.»

J'entendis un bourdonnement, puis la voix de mon père:

— Vanessa? Écoute, mon chat, va dire à ta mère que je ne peux pas rentrer avant un bout de temps. Je dînerai ici. Et dis-lui de rentrer de bonne heure et de se mettre au lit. Comment va-t-elle?

— Elle va bien. Mais je fus immédiatement alertée. Pourquoi? Elle avait quelque chose qui n'allait pas?

— Non, rien. Mais n'oublie pas de lui dire, hein?

Je remontai en courant et répétai le message.

Tante Edna jeta à ma mère un regard étrange.

— Beth?

— Ce n'était rien, se hâta de dire ma mère. Juste une toute petite alerte. Tu sais comme Ewen s'inquiète pour un rien.

— Ce n'est pas vrai. Je veux savoir la vérité. Tout de suite.

La voix de ma mère était lente et sans expression.

— Bon. Je crois bien qu'il était moins une. C'est arrivé mardi. Je venais de battre les tapis. C'est pour ça que je ne voulais pas t'en parler. Pas besoin de dire que c'est de ma faute. Je le sais. Mais jusque-là je me sentais parfaitement bien, Edna, je te le jure.

Elle leva les yeux sur tante Edna, et il y avait dans son regard quelque chose que je n'y avais jamais vu, une sorte d'appel muet.

— Si je l'avais perdu, je ne me le serais jamais pardonné. Je ne l'ai pas fait exprès, Edna.

— Tu n'as pas besoin de me le dire. Tante Edna avait des larmes dans la voix. Tu ne crois pas que je le sais?

Puis, chose étrange, tandis que je les regardais, assise sur la commode de cèdre, unie à elles sans pourtant tout comprendre, elles s'étreignirent et je vis des larmes sur leur visage, quoiqu'elles ne fissent aucun bruit.

— Seigneur, dit enfin ma mère, j'ai le nez comme un phare. Où est ta poudre?

Quand ma mère fut descendue servir le souper, tante Edna rangea les cendriers et commença à vaporiser l'essence de rose dans toute la pièce.

— Comment va la poésie? me demanda-t-elle.

Je répondis sans timidité, car j'adorais parler de moi.

— Je n'en écris pas en ce moment. J'écris une histoire. J'ai déjà deux cahiers pleins.

— Oh? Tante Edna avait l'air impressionnée. Et comment tu l'appelles?

— *Les Piliers de la Nation*. C'est sur les pionniers.

— Tu veux dire : les gens comme grand-père ?

— Bon sang, dis-je, suffoquée, c'était un pionnier ?

Puis je me sentis ridicule et très loin d'elle, car elle éclata d'un rire rauque.

— C'est vraiment la meilleure ! Voyant que j'étais offensée, elle s'arrêta de rire. Quand y travailles-tu ?

— Surtout après l'école. Mais parfois le soir.

— Ta mère te laisse garder ta lampe allumée ?

Je la regardai avec suspicion, ne sachant jusqu'à quel point je pouvais lui faire confiance.

— Si je te dis quelque chose, tu me promets de ne pas le répéter ?

— Croix de bois, croix de fer. Si je mens, je vais en enfer.

— J'éteins la lumière. Je me sers de ma lampe de poche.

— Eh bien, quelle passion ! Tu écris un peu tous les jours ?

— Oui, tous les jours, répondis-je fièrement.

— Tu ne pourrais pas l'allonger ? La faire durer plus longtemps ?

— Je veux la terminer.

— Pourquoi? Qu'est-ce qui te presse?

Je commençais à me sentir soupçonneuse et mal à l'aise.

— Je ne sais pas. Je veux la finir. J'aime y travailler.

Tante Edna reposa le vaporisateur sur la coiffeuse.

— Oui, je sais. Mais si jamais tu voulais t'arrêter, pour changer?

Comme nous descendions les escaliers, nous entendîmes la porte de devant qui s'ouvrait, et grand-père qui disait : «Eh bien, eh bien…» – et puis une autre voix. Tante Edna retint son souffle.

— Pas possible! Dieu du ciel, *c'est* l'oncle Dan! Il ne manque plus que le percepteur pour me dire que j'ai un retour d'impôt.

— Je croyais que tu aimais bien l'oncle Dan, dis-je avec curiosité.

— Oui, mais la question n'est pas d'aimer une personne ou pas.

Nous entrâmes dans la cuisine. Ma mère avait arrêté de couper le rôti de porc et se tenait immobile, le couteau d'argent à la main.

— Il a sûrement bu quelques verres, d'après sa voix. Pourquoi diable fait-il ça? Il sait très bien comme ça contrarie maman.

— Un de ces jours, père va le mettre à la porte, dit tante Edna. Mais je ne voudrais vraiment pas voir ça. Qu'est-ce que tu en penses?

— Il ne le fera jamais. Les liens du sang sont sacrés, comme tu as entendu père le proclamer un million de fois.

— Ce n'est pas pour ça qu'il le laisse venir, dit tante Edna. La vue d'oncle Dan lui rappelle sa propre réussite, c'est tout. Bon sang, il faut que j'arrête, je deviens chaque jour plus méchante.

— Nous ferions mieux d'y aller et de dire bonsoir au vieux brigand, dit ma mère. Il peut prendre la place d'Ewen à table.

Oncle Dan était le frère de grand-père, mais il n'était pas «droit». Il avait une ferme dans la vallée de South Wachakwa, mais il ne plantait jamais rien. Il élevait des chevaux et passait le plus clair de son temps à courir la campagne pour les vendre. Du moins, il était censé les vendre, mais tante Edna disait qu'il avait le maquignonnage dans le sang et qu'il ne pouvait pas résister à un troc, si bien qu'il revenait généralement à Manawaka avec le même nombre de chevaux qu'au départ – ils étaient simplement différents – et sans argent. Il ne s'était jamais marié. Je l'aimais bien parce qu'il avait toujours dans les poches des bonbons à la menthe forte, généralement couverts de la peluche marine de son manteau, et parce qu'il chantait des chansons irlandaises. Toutefois, je ne l'aimais que quand aucune de mes amies n'était en vue. En présence d'autres enfants, il m'embarrassait. Il était plus vieux que grand-père et il ne se tenait pas très propre. Ses pantalons de serge étaient constellés de taches de nourriture, et quand son nez coulait, il l'essuyait d'un rapide revers de sa main griffue. Il ne se nettoyait jamais les ongles; toutefois, il lui arrivait de sortir son couteau de poche pour les tailler; il laissait tomber les rognures sur le plancher bien ciré de grand-mère, qui élevait alors la seule protestation qu'elle connût: «Voyons, Dan, voyons…» Quelquefois, quand j'étais avec lui en ville, il marchait d'un pas chancelant, bredouillait et achetait un esquimau pour moi et un paquet de réglisses à la menthe pour lui; je n'étais pas censée savoir pourquoi, mais bien sûr, je savais, car j'avais plusieurs amies dont les pères et les oncles avaient la réputation d'être de fieffés bons à rien.

Oncle Dan était plus petit que grand-père, mais ses yeux étaient du même bleu. Leur expression, par contre, était totalement différente. Les yeux d'oncle Dan étaient presque constamment rieurs.

— Eh bien, Dan, te voilà de retour, dit grand-père.

— De retour, je suis de retour, chanta oncle Dan. Je viens juste d'acquérir le plus pimpant petit cheval noir que tu aies jamais vu. Il était au vieux Burnside, là-bas, à Freehold. Je l'ai échangé contre mon vieux hongre gris.

— Pas d'argent, je parie.

— Et toi, Timothy, comment vas-tu? s'exclama oncle Dan, changeant habilement de sujet. Tu as l'air bien fringant.

— Je vais assez bien, dit grand-père. Je m'occupe de mes affaires. J'ai vendu le magasin.

— Ouais, tu avais vendu avant que je parte. Tu te la coules douce, hein?

Tante Edna dit entre ses dents: «C'est le chiffon rouge sous le nez du taureau» et ma mère dit: «Chut!»

— Je m'occupe, dit grand-père, furieux. Il y a beaucoup à faire ici, tu sais. J'ai fait livrer deux camions de peuplier la semaine dernière, et je le fends pour faire du petit bois. Il faut qu'un homme s'occupe. Je ne peux pas souffrir ces types qui restent à se tourner les pouces.

— Eh bien, tu auras le plus grand tas de bois de Manawaka, je n'en doute pas une seconde, dit Dan avec une malice souriante. Palsambleu, voilà Vanessa. Tu as grandi, *macushla*[4], pas de doute, tu as grandi.

— Seigneur, dit tante Edna à voix basse. *Macushla*, vraiment!

— Et Beth et Edna, s'écria Dan. Ma parole, les filles, vous êtes tous les jours plus jolies!

Ma mère, étouffant un rire, tendit la main.

— Ça fait plaisir de te revoir, oncle Dan. Nous allions justement dîner. Veux-tu monter te laver?

— Dans une minute. Où est Agnès?

Grand-mère n'était pas venue dans l'entrée. Elle était tranquillement assise dans le salon. Elle avait la Bible sur ses genoux, mais elle ne lisait pas. Oncle Dan lui adressa un salut mal assuré.

---

4. Mot irlandais signifiant chérie.

— Bonjour, Dan, dit-elle. Puis, apparemment sans effort, comme si elle refusait d'assigner des limites à sa courtoisie : « Je suis contente que tu sois des nôtres. »

Les yeux d'oncle Dan cessèrent de sourire et s'embrumèrent d'apitoiement sur lui-même.

— Mais non, c'est toi qui es bonne, pour sûr, d'ouvrir ta porte à un vieil homme.

Sa voix tremblait ; on aurait dit qu'il allait s'évanouir de faiblesse.

— S'il continue comme ça, souffla tante Edna avec colère, mais sans pouvoir réfréner une bouffée de joie mauvaise, je m'en vais. Et à la grâce de Dieu !

— Il ira mieux quand il aura mangé quelque chose, dit ma mère.

Le dîner fut très amusant. Oncle Dan, la serviette sous le menton, renversait de la sauce sur la belle nappe damassée et rotait ouvertement en disant : « S'cusez, comme dit l'autre. » Il racontait des blagues du genre que je ne devais pas comprendre mais que j'affectais régulièrement d'avoir compris en pouffant grossièrement. Grand-père me grondait et répétait : « Surveille ton langage, Dan » ou : « Attention à ton coude, ce gobelet d'eau va se renverser – là, qu'est-ce que je t'avais dit ? » Ma mère et tante Edna se hâtaient de manger, le nez dans leur assiette. Après le dîner, grand-père et oncle Dan s'installèrent côte à côte sur le canapé, tandis que grand-mère s'asseyait dans son fauteuil de chêne doré. Oncle Dan sortit sa pipe et sa blague à tabac. Tante Edna, ramassant la vaisselle, jeta un regard dans le salon et commença à marmonner :

— Sa foutue pipe. Elle empeste à dix lieues.

— Grand-père ne laisse jamais personne fumer, dis-je. Alors, pourquoi oncle Dan ?

— Ne me demande pas, dit tante Edna en haussant les épaules. C'est un des mystères de l'existence. Peut-être est-ce son cadeau à Dan, le prix de consolation.

J'allai dans le salon attendre que la vaisselle soit empilée et prête à essuyer. Grand-père et oncle Dan bavardaient, comme d'habitude.

— Nous ne rajeunissons pas, tous les deux, dit grand-père, qui se spécialisait dans les déclarations claires mais lugubres de ce style.

— Oh, je ne dirais pas ça, répondit oncle Dan en suçant sa pipe et en soufflant des nuages gris comme des signaux de fumée. Je me sens à peu près aussi en forme qu'avant.

— Tu n'en as pas l'air, dit grand-père.

— Quoi ?

— Je dis que tu n'en as pas l'air. Tu deviens dur d'oreille, Dan.

Oncle Dan tira silencieusement sur sa pipe un moment. Puis, délibérément, il retira sa pipe d'entre ses dents jaunes et la tint dans ses mains, caressant son culot de bruyère.

— Eh bien, monsieur, vous pourriez bien avoir raison, dit-il pensivement. Autrefois, j'entendais les mouches marcher le long du mur, et maintenant, je ne les entends que quand elles agitent leurs ailes.

Je gloussai et oncle Dan abaissa le regard vers le tabouret sur lequel je m'étais assise.

— Voilà une fille qui me plaît. Et maintenant, que dirais-tu d'une chanson pour passer agréablement le temps?

Sans attendre mon acquiescement, il se lança aussitôt, de sa voix flûtée de vieillard, détonnant parfois, mais néanmoins plein d'allant, battant la mesure d'un pied.

With the tootle of the flute and twiddle of the fiddle,
A-twirlin' in the middle like a herring on a griddle,
Up, down, hands around, crossing the wall,
Oh, hadn't we the gaiety at Phil the Fluter's Ball!

Avec la flûte qui sifflait et le violon qui riait
Nous tortillant de-ci, de-là, comme harengs sur le gril
En haut, en bas, salutation et promenade,
Oh, ce qu'on s'amusait au Bal de Ti-Jean le flûteux.

J'applaudis, sans oser regarder aucun de mes grands-parents, car j'avais l'impression de les trahir. Oncle Dan, encouragé, chanta *La fanfare de MacNamara,* en remplaçant comme toujours MacNamara par lui-même.

Oh, me name is Danny Connor, I'm the leader of the band,
Although we're few in number, we're the finest in the land...

Mon nom, c'est Danny Connor, et c'est moi le chef de la fanfare,
Par le nombre nous sommes petits, mais par la valeur les plus grands.

Il chantait à l'irlandaise, en prononçant *foynest,* et quand il arriva au vers : « Et quand nous jouons aux funérailles, alors là nous nous surpassons », il me fit un clin d'œil et je lui en fis un en retour.

— Chante avec moi, me dit-il avant la chanson suivante. Mais je secouai la tête. J'étais incapable de chanter en public, car j'avais toujours peur d'avoir l'air ridicule, et je ne supportais pas qu'on se moque de moi.

Oncle Dan continua, et maintenant il s'amusait vraiment. Il chanta *Le canard de Nell Flaherty* avec une grande vigueur, particulièrement quand il fut question de la malédiction prononcée sur la personne qui avait volé et mangé le volatile.

May his pig never grunt,
May his cat never hunt,
May a ghost ever haunt him at dead of the night,
May his hens never lay,
May his horse never neigh,
May his goat fly away like an old paper kite...

Que son cochon ne grogne plus,
Que son chat ne chasse plus,
Qu'un fantôme le hante au cœur de la nuit,
Que ses poules ne pondent plus,
Que ses chevaux ne hennissent plus,
Que sa chèvre s'envole comme un vieux cerf-volant...

Soudain, grand-père donna une claque sur l'accoudoir du canapé qui émit un sifflement.

— Ça suffit, maintenant.

Oncle Dan continua à chanter.

— Assez! hurla grand-père. Tu es sourd ou quoi?

Oncle Dan s'arrêta, l'air perplexe.

— Qu'est-ce qui ne va pas?

— Dimanche ou pas, tu t'en fiches, dit grand-père. Mais n'oublie pas où tu es.

— Mais, Timothy, pas la peine de t'énerver comme ça.

— Je ferai comme je voudrai dans ma propre maison.

J'estimai que c'était le moment d'aller aider à la vaisselle. Maintenant, les deux vieux hommes allaient se disputer, et grand-mère serait obligée d'assister à ce qu'elle redoutait plus que tout au monde: une dispute, une scène de famille. Je savais très bien ce qui allait arriver. En apparence, grand-mère garderait sa placidité habituelle, mais plus tard dans la soirée, elle irait dans la cuisine appeler tante Edna: «Je me demande si tu aurais de l'aspirine sous la main? J'ai un peu mal à la tête.» Quand elle serait retournée dans le salon, tante Edna dirait à la cantonade: «Je te parie qu'elle est restée là des heures entières avec la tête qui éclatait.» Et si c'était un de mes jours de chance, ma tante se tournerait vers moi et dirait: «Allez viens, mon chou, allons noyer nos chagrins. Que dirais-tu de faire du caramel?»

Elles avaient commencé à faire la vaisselle. Tante Edna me tendit un torchon.

— Ne nous cassons pas la tête pour eux, d'accord? dit-elle. Et je compris qu'elle voulait traîner pour ne pas avoir à retourner dans le salon. Mais ma mère lavait très vite et nous étions obligées de suivre son rythme.

— Oncle Dan est né en Irlande? demandai-je, pour alimenter la conversation.

Ma mère et tante Edna se mirent à rire.

— Grands dieux, non, dit tante Edna. Tout ce qu'il a vu de l'Irlande, ce sont les variétés de l'Old Roxy – qui a brûlé avant ta naissance. Il est né en Ontario, comme ton grand-père. Sa façon de parler n'est pas irlandaise, mais de l'irlandais de théâtre. Il a tout appris par cœur. *Macushla. Begorra*[5]. Il chante même des chants de la Rébellion[6], alors qu'il est protestant. Pour lui, ça ne fait aucune différence. Il est aussi faux qu'un billet de trois dollars. Je me demande vraiment pourquoi je l'aime tant.

— Tu m'as toujours dit que j'étais à moitié irlandaise, reprochai-je à ma mère.

— Tu l'es effectivement. Mais tu es écossaise du côté de ton père. Tu descends des MacLeod autant que des Connor. Tu as le côté réfléchi de ton père. Et physiquement, tu as les mains et les oreilles de grand-père MacLeod...

Elle me regarda, comme pour vérifier que ces appendices d'emprunt étaient bien

---

5. Juron irlandais signifiant «Palsambleu!», c'est-à-dire «Par le sang de Dieu».
6. Révolte des nationalistes catholiques irlandais contre les Anglais.

toujours là. L'idée d'hériter les traits de quelqu'un m'avait toujours paru bizarre, et quand j'étais petite, j'étais persuadée que mon grand-père MacLeod, qui était mort un an après ma naissance, avait passé les douze derniers mois de son existence sourd et sans mains.

— Tu es irlandaise de mon côté, continua ma mère. Les parents de ton grand-père sont nés là-bas. Tu te souviens de grand-maman Connor, Edna? Elle a vécu avec nous les dernières années de sa vie.

— Vaguement, dit tante Edna. À quoi ressemblait-elle?

— Voyons, c'était une toute petite femme avec une tête de faucon, autant que je m'en souvienne. Une sorte de beauté farouche. Père lui ressemble pas mal. Elle sortait chaque année pour la parade des Orangistes[7] et se postait sur la grand-rue, hurlant des acclamations jusqu'à en avoir les yeux exorbités.

— Grands dieux, dit tante Edna. Qu'est-ce que père en pensait?

— Il était mort de honte. On le serait à moins. Cette petite vieille féroce qui se donnait régulièrement en spectacle! Elle portait toujours un bonnet de dentelle. Elle n'avait pas du tout de cheveux.

— Quoi? Tante Edna et moi nous étions exclamées en même temps, délicieusement horrifiées.

---

7. Mouvement d'extrémistes protestants partisans de brimer les catholiques comme ils le furent pendant le règne de Guillaume d'Orange.

Ma mère hocha la tête.

— C'est tout à fait vrai. Elle avait eu une maladie et tous ses cheveux étaient tombés. Elle était chauve comme un oignon pelé.

Nous riions encore lorsque nous entendîmes des cris venant du salon. Je trouvais difficile de changer brutalement d'humeur et ne pouvais pas prendre au sérieux ces éclats de voix. Toujours gloussant, je poussai ma mère du coude, voulant que nous continuions à rire ensemble. Elle ne réagit pas, et quand je la regardai, je vis son visage figé par l'appréhension. La plaisanterie était terminée, comme si j'avais rêvé. Ma mère et ma tante entrèrent à contrecœur dans le salon et je les suivis.

— Ce qui me sidère, disait grand-père, c'est que tu aies le culot de demander. Tu crois que ça tombe du ciel et que ça vient tout seul. Mais ça m'est jamais tombé du ciel, et ça vient pas tout seul non plus !

— Du calme, Timothy, dit oncle Dan, comme s'il parlait à un cheval faisant des siennes. Du calme, mon garçon.

— Pas question de calme. Tu crois que parce que j'ai vendu le magasin j'ai une fortune de côté. Eh bien, c'est pas le cas. Et ce que j'ai, je le garde. Rien que les impôts pour cette maison, j'aime mieux pas y penser. Qui va faire bouillir la marmite si je le fais pas ? Voilà Edna qui prétend qu'elle peut pas trouver de travail. Et Beth et Ewen qui s'avisent d'avoir un autre bébé, alors qu'Ewen arrive même pas à se faire payer ses honoraires. Je vais te dire une chose : je les ferais payer, moi, les clients, ou alors je m'approcherais pas de ma femme.

— Mon Dieu, dit ma mère, le visage blême.

— Calme-toi, dit tante Edna en lui agrippant le bras.

— Et toi, maintenant, continua grand-père. Tous à grappiller, grappiller, à vouloir quelque chose pour rien. J'ai jamais rien eu pour rien, moi. Aucun de vous sait ça. Y'en a pas un de vous qui sait ça.

— Pas si vite, protesta oncle Dan. J'ai jamais dit « donner », j'ai dit « prêter ». Tu aurais les chevaux comme garantie. Tu l'as déjà fait, Tim.

— Alors, j'ai été bien bête, rétorqua grand-père. J'espérais que tu démarrerais. Mais non. Tout est parti vers le haut, en tabagie, et vers le bas, en beuverie.

— C'est pas vrai, dit oncle Dan.

Mais sa voix était sans force. Et je me rendis compte que c'était vrai, ce que grand-père avait dit.

— Pas la peine de discuter, dit grand-père. Tu peux partir tout de suite.

Pendant le long silence qui suivit, je regardai le visage de grand-père. Il avait l'air surpris, comme s'il n'arrivait pas à croire qu'il avait prononcé ces paroles. Puis son expression changea et se figea en un masque obstiné.

— Je vais m'en aller, dit lentement oncle Dan, et je ne reviendrai pas.

— Tant mieux, dit grand-père.

Oncle Dan se leva, gagna tout seul l'entrée et commença à mettre son manteau.

— On ne peut pas le laisser partir comme ça, murmura tante Edna. Il n'a personne…

— Qui va discuter? répondit amèrement ma mère.

La porte d'entrée se referma derrière oncle Dan, et tout le monde se tint coi. Puis quelque chose de totalement inattendu se produisit.

— Timothy, dit grand-mère, tu ferais mieux d'aller le chercher.

Grand-père se retourna et la fixa du regard.

— Tu as perdu la tête.

— Tu ferais mieux d'y aller avant qu'il ne soit trop loin, dit fermement grand-mère.

Pendant un moment, je crus que grand-père allait de nouveau éclater, mais non. Il avait l'air surpris, presque abasourdi.

— Tu n'as jamais aimé ses manières, Agnès.

Grand-mère ne répondit pas. Elle fit un petit geste vers la porte, et ce fut tout. *Comment les puissants sont tombés, au cœur de la bataille.* Le verset me revint furtivement à l'esprit, et je sentis monter une bouffée de joie mauvaise. Puis je regardai à nouveau le visage de mon grand-père et y lus une stupéfaction si sombre que je ne pus éprouver que honte et tristesse. Ses yeux rencontrèrent les miens et quand il parla, ce fut à moi, comme s'il ne pouvait s'adresser directement aux adultes qui étaient dans la pièce.

— Quand il sera trop vieux pour vivre seul, c'est moi qui va payer pour le mettre dans une maison de retraite. C'est pas juste, Vanessa, c'est pas juste.

Il avait raison. Ce n'était pas juste. Même moi, je m'en rendais compte. Pourtant, j'évitai son contact, et c'était probablement injuste aussi. Je n'avais qu'une envie : être toute seule, sans personne autour.

Grand-père se tourna vers grand-mère.

— Si on m'avait dit qu'un jour tu prendrais son parti… Puis il sortit et nous l'entendîmes appeler oncle Dan de sa voix plate.

Quand oncle Dan et grand-père furent rentrés dans le salon, les trois vieilles personnes se rassirent en silence dans la lumière gris-bleu du soir de printemps, sans que les lampes soient encore allumées ni les stores baissés. Je montai avec ma mère et tante Edna. L'air de la chambre était encore lourdement parfumé d'essence de rose.

— Seigneur, si j'ai besoin d'une cigarette ! dit tante Edna.

— Si je ne connaissais pas maman, je dirais qu'elle a pris sa revanche, dit ma mère.

— La connaître ? Qu'est-ce qui te fait dire que tu la connais ? Peut-être que c'était exactement ça.

— Peut-être, mais cela me désolerait, pas toi ?

— Non, dit ma tante. Je pousserais des clameurs de joie.

— De toute façon, la réalité est plus compliquée, dit ma mère. Nous avons toujours cru, comme si c'était évident, qu'elle ne pouvait pas souffrir Dan, mais elle m'a dit une fois : «Quels que soient ses défauts, il a l'amour de la vie, n'oublie pas ça, Beth.» Ça me revient seulement maintenant.

— Beth, tu crois qu'elle a jamais envisagé de l'épouser ?

— Quoi ? Maman ? Ne sois pas ridicule. Qu'est-ce qui te fait dire ça ?

— Tu te souviens quand oncle Dan nous emmenait dans son traîneau, l'hiver, quand on était petites ? Maman avait toujours peur qu'on tombe dans un banc de neige ou que les chevaux s'échappent. Eh bien, un jour je suis sortie avec lui, et tout à coup, à propos de rien, il a dit : «Elle a choisi le bon, ta mère, c'est sûr.» C'était une drôle de chose à dire, tu ne trouves pas ?

— Je ne crois pas que cela voulait dire quoi que ce soit, dit ma mère.

— Je me demande quand même à quoi on aurait tous ressemblé si elle avait…

— Une vraie bande de guenilleux, dit ma mère. Aucun doute là-dessus. Oh, Edna, pense à ce qu'il doit ressentir – père, je veux dire. Nous ne nous sommes jamais montrés reconnaissants de ce qu'il a fait.

— Je ne suis pas d'accord, dit tante Edna. L'imitation est la forme la plus sincère de compliment, après tout.

Ma mère releva la tête et la tourna de tous côtés, comme si elle détectait de la fumée et craignait que la maison ne fût en flammes.

— Que veux-tu dire par là ?

— Tu sais très bien ce que je veux dire, répondit tante Edna. Pas un de nous n'a pu suivre une autre voie. Et qui plus est, malgré tout ce que tu dis sur la ressemblance entre Vanessa et Ewen, tu sais à qui elle ressemble en fait.

— Ce n'est pas vrai ! cria ma mère.

— Vraiment ? Vraiment ?

J'avais à peine conscience de ce qu'elle voulait dire. Je me laissais aller aux impressions produites par les mots, comme les fidèles qui interprètent les énoncés de ceux qui se lèvent et se mettent à parler en langues[8]. Sa voix était aiguë et craintive, lourde d'un terrible regret : elle avait l'air prête à tout pour reprendre ce qu'elle avait dit.

Nous descendîmes, et j'aidai à servir le café, marchant avec précaution parce que c'étaient les belles tasses de porcelaine anglaise. Grand-père et oncle Dan prirent la leur sans un mot. Grand-mère dit : « Merci, mon lapin. » Elle avait le visage calme, et à la regarder, nul ne pouvait avoir la moindre

---

8. Phénomène appelé « glossolalie » qui caractérise actuellement certaines sectes protestantes comme l'Église pentecôtiste : les fidèles, inspirés par l'Esprit-Saint, se lèvent au cours du culte et s'expriment dans des langues inintelligibles.

idée de ce qu'elle pensait – à supposer qu'elle ait pensé à quelque chose. Quand il eut fini son café, oncle Dan dit qu'il irait bien jusqu'au café Régal chercher quelques menthes.

Ma mère, qui revenait avec la cafetière pour voir si quelqu'un voulait une autre tasse, marqua une hésitation et regarda oncle Dan puis grand-père, comme si elle ne savait pas auquel en offrir et qu'il fût impossible d'en offrir aux deux à la fois. Finalement, elle soupira, imperceptiblement, et remplit la tasse de grand-père. Oncle Dan sortit, fredonnant doucement pour lui-même, et quand il eut atteint le trottoir, il se mit à chanter. Nous entendîmes la chanson qui s'amenuisait au fur et à mesure qu'il s'éloignait.

Glory-o, Glory-o
To the bold Fenian men...

Gloire, gloire
Aux audacieux Fenians[9]...

Tante Edna étouffa un rire. « Fenians ! Grand-maman Connor aurait une attaque ! »

Soudain, ma mère m'effleura l'épaule.

— Va avec lui, Vanessa. Tiens-lui compagnie.

Et je courus, courus vers le son de la chanson. Mais il avait l'air loin devant maintenant, et je me demandai si j'arriverais à le rattraper.

---

9. Mouvement nationaliste irlandais, fondé après la rébellion anti-anglaise de 1798, et dont le but était de reconquérir l'indépendance du pays.

METTRE DE L'ORDRE
DANS NOTRE MAISON

Peu de temps avant la date prévue pour la naissance du bébé, ma mère dut se rendre à l'hôpital trop tôt. Je fus réveillée en pleine nuit par ses pleurs, puis j'entendis dans l'escalier mon père qui descendait téléphoner. Je me tenais sur le seuil de ma chambre, frissonnante, aux aguets, partagée entre le désir d'aller voir ma mère et la peur de découvrir un spectacle si terrible que je n'aurais pu le supporter.

«Allô, Paul?», dit mon père, et je compris qu'il parlait au docteur Cates. «C'est Beth. Elle a perdu les eaux, et la position du fœtus ne semble pas tout à fait... enfin, je pense à ce qui est arrivé la première fois, si jamais ça se reproduisait... ah, si seulement elle était un peu moins frêle, bon sang... elle est si... non, ne vous inquiétez pas, je tiens le coup. Oui, je crois que ce serait le mieux. D'accord, le plus vite possible.»

Il remonta, l'air maigre et débraillé dans son pyjama, balayant des doigts ses cheveux couleur de sable. Au haut des escaliers, il se trouva face à face avec grand-mère MacLeod. Immobile dans sa robe de chambre noire en satin piqué, ne perdant pas un pouce de sa petite taille, elle avait l'air assuré, comme si elle ne se rendait pas compte que ses cheveux formaient deux grotesques ailes blanches prises dans les mailles grossières de son filet de nuit.

— Que se passe-t-il, Ewen?

— Ce n'est rien, mère. Beth a… des petits problèmes. Je vais l'emmener à l'hôpital. Vous devriez vous recoucher.

— Je te l'avais dit, déclara grand-mère MacLeod de sa voix timbrée, qu'elle n'élevait jamais, mais qui résonnait clairement comme une cuillère d'argent sur un verre de cristal. Je te l'avais bien dit, Ewen, que tu aurais dû engager une bonne pour l'aider à tenir la maison, Cela lui aurait permis de se reposer davantage.

— Je n'avais pas les moyens d'engager qui que ce soit, dit mon père. Et si vous pensiez qu'il lui fallait plus de repos, pourquoi n'avez-vous pas… Mon Dieu, je ne sais plus ce que je dis ce soir… Retournez vous coucher, mère, je vous en prie. Je dois m'occuper de Beth.

Quand mon père alla accueillir le docteur Cates dans l'entrée, mon anxiété l'emporta sur ma peur et je me glissai dans la chambre de mes parents. Les cheveux noirs de ma mère, si soigneusement épinglés pendant la journée, étaient répandus sur l'oreiller blanc, vision alarmante. Je la regardai fixement, sans parler, et elle me sourit. Je me précipitai et me blottis sur sa poitrine.

— Ce n'est rien, mon chat. Écoute, Vanessa, le bébé va juste arriver un peu en avance, c'est tout. Ne te fais pas de souci. Grand-mère MacLeod sera là.

— Comment peut-elle s'occuper des repas? pleurnichai-je, sautant sur la première chose qui me venait à l'esprit. Elle ne fait jamais la cuisine. Elle ne sait pas.

— Mais si, elle sait, dit ma mère. Elle peut faire la cuisine aussi bien qu'une autre quand il faut. Elle n'a pas eu souvent à la faire, c'est tout. Ne. t'en fais pas, elle tiendra tout en ordre, et puis…

Mon père et le docteur Cates entrèrent et je dus partir, sans avoir rien dit ce que j'avais voulu dire. Je retournai dans ma chambre et m'étendis, cernée par les ombres. J'écoutais les murmures de la nuit qui ne cessaient jamais dans cette maison, bruits dépourvus de source précise, poutres et chevrons jouant sous l'effet de l'air sec, souris dans les murs, moineau ayant pénétré dans le grenier à travers la lucarne cassée. Un moment après, quoique j'eusse cru la chose impossible, je dormais.

Le lendemain matin, j'interrogeai mon père. J'étais convaincue que c'était non seulement le meilleur docteur de Manawaka, mais aussi le meilleur docteur de tout le Manitoba, voire du monde entier, et le fait que ce ne fût pas lui qui soignât ma mère me semblait de mauvais augure.

— Mais c'est toujours comme ça, Vanessa, m'expliqua-t-il. Les docteurs ne soignent jamais les membres de leur famille. C'est parce qu'ils les aiment tant, tu vois, que…

— Que quoi? insistai-je, alarmée par sa brusque interruption. Mais mon père ne répondit pas. Il se tint là un moment sans bouger, puis il afficha ce sourire laborieux derrière lequel les adultes essaient de cacher leur douleur aux enfants. Je me sentis terrorisée, courus vers lui, et il me tint serrée dans ses bras.

— Elle va se remettre, dit-il. Je t'assure qu'elle va se remettre, Nessa. Ne pleure pas.

Grand-mère MacLeod apparut à nos côtés, rigide comme l'acier malgré son allure fragile. Elle portait une robe de soie violette et son pendentif d'ivoire ; on l'eût dite fin prête pour aller prendre le thé.

— Ewen, tu ne fais qu'encourager cette enfant à se laisser aller. Vanessa, les grandes filles de dix ans ne font pas tant d'histoires. Viens prendre ton petit déjeuner. Et maintenant, Ewen, ne te fais pas de souci. Je m'occuperai de tout.

Les vacances d'été n'étaient pas encore tout à fait finies, mais je n'avais pas le cœur à jouer avec les autres enfants. J'étais très superstitieuse, et il me semblait que si je quittais la maison, ne fût-ce que quelques heures, une catastrophe arriverait à ma mère. Bien entendu, je ne révélai pas ce sentiment à grand-mère MacLeod, car elle ne croyait pas à l'existence de la peur, ou du moins n'en laissa jamais rien paraître. Je passai une matinée sinistre, à chercher des cachettes dans la maison. Il y en avait beaucoup – renfoncements biscornus sous les escaliers, petites portes mal clouées à l'arrière des penderies, menant à des tunnels poussiéreux et à des recoins oubliés au cœur de la maison. Les seules choses qu'on y voyait en fait étaient des tableaux ternis empilés sur les poutres, des malles pleines de vêtements démodés et de vieux albums de photos. Mais ces endroits secrets étaient habités par la présence invisible de tous ceux qui, jeunes ou vieux, avaient fait partie de la maison et étaient morts, y compris oncle Roderick, tué sur la Somme, et le bébé qui aurait été ma sœur s'il avait réussi à venir au monde. Grand-père MacLeod, qui était mort un an après ma naissance, était présent dans la maison sous une forme plus tangible. En haut des escaliers était suspendu le portrait géant d'un homme en uniforme sombre, monté sur un cheval dont l'allure caracolante et les naseaux dilatés indiquaient que la bataille n'était pas encore terminée, qu'en fait elle pourrait se poursuivre jusqu'au Jugement dernier. Le sévère cavalier était en réalité le duc de Wellington, mais à l'époque, je croyais que c'etait mon grand-père MacLeod, qui continuait à tout surveiller.

Nous étions venus vivre avec grand-mère MacLeod quand la Dépression s'aggrava et qu'elle n'eut plus les moyens d'avoir une gouvernante, mais la maison MacLeod ne m'apparut jamais comme mon foyer. Ses briques rouge sombre étaient couvertes d'une vigne vierge qui devenait cramoisie à l'automne et finissait par se confondre avec elles. Elle s'enorgueillissait d'une tourelle où grand-mère MacLeod gardait des fougères anémiques et malingres. La véranda était ornée d'une profusion de volutes de fer forgé, et la rosace de l'étage était faite de verres multicolores qui permettaient de voir le monde comme un grand saphir ou une émeraude parfaite, ou encore, si on voulait le regarder d'un œil bilieux, comme une masse d'un jaune détestable. Selon grand-mère Mac-Leod, ces particularités donnaient du style à la maison.

À l'intérieur, une multitude de portes menaient à des pièces où ma présence, sans y être formellement interdite, était déconseillée. L'une, la chambre de grand-mère MacLeod, sentait le renfermé, le vieux médicament et les sachets de lavande. Là était gardée son nécessaire de coiffeuse en argent avec ses initiales : brosse, miroir, polissoir, tire-boutons et ciseaux, auxquels je ne devais pas toucher, car elle voulait me les léguer et avait la ferme intention de me les remettre impeccables et absolument inutilisés, tels qu'elle les avait conservés toute sa vie. Là aussi se trouvaient, dans des cadres d'argent, les photographies d'oncle Roderick : enfant, jeune homme, et soldat en uniforme. Le lit massif à colonnes de noyer avait visiblement été conçu pour des reines ou des géants, et ma minuscule grand-mère, qui y restait couchée toute la journée quand elle avait la migraine, trouvait moyen, je ne sais comment, de ressembler à une reine géante.

Le salon était un autre territoire étranger où il me fallait évoluer avec circonspection, car les tables et la cheminée étaient couvertes d'objets précieux, en équilibre précaire, et il ne fallait pas salir le tapis chinois bleu avec ses oiseaux figés dans un vol éternel et ses boutons de nénuphar à jamais sur le point de s'ouvrir. Ma mère était toujours pleine d'appréhension quand j'étais dans la pièce.

— Vanessa, ma chérie, disait-elle, en s'excusant à moitié, pourquoi ne vas-tu pas jouer dans le bureau ou en haut?

— Tu ne peux pas la laisser, Beth? disait mon père. Elle ne fait rien de mal.

— Je pense seulement au tapis, disait ma mère, en regardant furtivement grand-mère MacLeod. Et hier, elle a failli faire tomber les bergères en porcelaine de Dresde de la cheminée. Elle n'y peut rien, Ewen, elle ne peut pas s'empêcher de courir partout…

— Bon Dieu, je le sais bien qu'elle ne peut pas s'en empêcher, grognait mon père en jetant un regard furibard aux faces minaudantes des bergères de Dresde.

— Je ne vois pas la nécessité de blasphémer, Ewen, disait grand-mère MacLeod d'une voix calme, et mon père s'excusait, et je sortais.

Le jour où ma mère partit à l'hôpital, grand-mère MacLeod m'appela à l'heure du déjeuner, et quand je parus, maculée par la poussière du grenier, elle me regarda d'un air dégoûté comme si j'avais été un cafard sortant insolemment de la boiserie.

— Grands dieux, Vanessa, qu'est-ce que tu fabriquais? Va immédiatement te laver. Non, pas par ici; par l'escalier de derrière, mademoiselle. Allons! Au fait, ton père a téléphoné.

Je fis volte-face.

— Qu'est-ce qu'il a dit? Comment va-t-elle? Le bébé est né?

— La curiosité est un vilain défaut, dit grand-mère MacLeod en fronçant les sourcils. Je ne comprends pas que Beth et Ewen te parlent de ce genre de choses, à ton âge. J'aime mieux ne pas penser à la personne vulgaire que tu vas devenir. Non, le bébé n'est pas né. Ta mère est dans le même état. Aucun changement.

Je regardai ma grand-mère ; je ne voulais pas implorer son réconfort, mais je ne pouvais m'en empêcher.

— Elle… elle va guérir?

Grand-mère MacLeod redressa son dos déjà droit.

— Si je te disais oui, Vanessa, ce serait un mensonge, et les MacLeod ne disent pas de mensonges, comme j'ai déjà essayé de te le faire comprendre. Ce qui arrive est la volonté de Dieu. Le Seigneur donne et le Seigneur reprend.

Horrifiée, je me détournai pour qu'elle ne vît pas mon visage et mes yeux. Chose étonnante, je l'entendis soupirer et sentis sur mon épaule sa fine main blanche aux ongles parfaitement soignés.

— Quand ton oncle Roderick a été tué, j'ai cru que j'en mourrais. Mais je ne suis pas morte, Vanessa.

Au déjeuner, elle bavarda avec animation, et je compris qu'elle essayait de me réconforter de la seule manière qu'elle connût.

— Quand j'ai épousé ton grand-père MacLeod, il m'a dit : «Éléonore, ne croyez pas que, sous prétexte que nous allons dans les Prairies, je m'attende à ce que vous viviez à la dure. Vous êtes habituée à une maison comme il faut, et vous en aurez une. » Il a tenu parole. Nous n'étions pas à Manawaka depuis trois ans qu'il avait fait bâtir cette maison. Il gagnait beaucoup d'argent à l'époque, ton grand-père. Très vite, il a eu plus de patients que les autres médecins. Nous avons commandé notre service de table et toute notre argenterie chez Birks à Toronto. Nous avions des domestiques en ce temps-là, bien sûr, et les dîners que nous donnions ne comptaient jamais moins de douze couverts. Quand je recevais pour le thé, j'invitais vingt ou trente personnes. Dans cette maison, nous ne servions jamais moins de six ou sept sortes de gâteaux. Il semble que de nos jours on ne se donne plus tant de mal. Il faut croire que les gens sont trop paresseux.

— Trop fauchés, suggérai-je. C'est ce que dit papa.

— Je ne peux pas souffrir l'argot, dit grand-mère MacLeod. Si tu veux dire trop démunis, pourquoi ne dis-tu pas trop démunis ? En fait, c'est surtout une question d'organisation. Mes comptes étaient toujours en ordre, et ma maison aussi. Pas de dépense imprévue pour laquelle les fonds auraient manqué, pas de cellier manquant de conserves avant la fin de l'hiver. Sais-tu ce que mon père disait quand j'étais petite ?

— Non. Quoi ?

— Dieu aime l'ordre, répondit solennellement grand-mère MacLeod. Rappelle-toi ça,

Vanessa. Dieu aime l'ordre : Il veut que chacun de nous mette de l'ordre dans sa maison. Je n'ai jamais oublié ces paroles de mon père. J'étais une MacInnes avant mon mariage. Les MacInnes sont un clan très ancien, lairds de Morven et connétables du château de Kinlochaline. As-tu fini le livre que je t'ai offert ?

— Oui, répondis-je. Puis, sentant la nécessité d'un commentaire : C'était un livre épatant, grand-mère.

Ce n'était pas rigoureusement vrai. J'avais espéré recevoir pour mes dix ans sa broche de quartz fumé, et avais eu à la place un volume relié en écossais, intitulé *Clans et Tartans d'Écosse*. Il était dans l'ensemble trop ennuyeux pour être lu, mais j'avais cherché la devise de ma famille et celle des familles de mes amies. *Sois un mur d'airain. Apprends à souffrir. Considère ta fin. Avance avec prudence.* Aucun de ces slogans ne m'avait paru rassurant. Mavis Duncan apprenant à souffrir, Laura Kennedy contemplant sa fin, Pasty Drummond avançant avec prudence, et moi passant mon temps à être un mur d'airain, aucune de nous ne me semblait promise à une vie très intéressante. Je ne fis pas part de cette réflexion à grand-mère MacLeod.

— La devise des MacInnes est *le plaisir naît du travail,* dis-je.

— Oui, confirma-t-elle fièrement. Une excellente devise, à garder constamment à l'esprit.

Elle se leva de table, ajustant sur sa poitrine la chaîne d'ivoire retenant le pendentif où était sculptée une rose d'ivoire rigidement épanouie.

— J'espère qu'Ewen sera content, annonça-t-elle.

— Content de quoi?

— Je ne t'ai pas dit? J'ai engagé une bonne ce matin pour le ménage. Elle commence demain.

Quand mon père revint ce soir-là, grand-mère MacLeod lui annonça la bonne nouvelle. Il se passa distraitement la main sur le front.

— Je suis désolé, mère, mais vous devrez la désengager. Je n'ai pas les moyens de payer qui que ce soit.

— C'est vraiment très curieux, rétorqua sèchement grand-mère MacLeod, que vous puissiez vous offrir du poulet quatre fois par semaine.

— Ces poulets, dit mon père avec exaspération, sont le paiement que je reçois des gens. Même chose pour les œufs et le lait. La dinde famélique qui est arrivée hier, c'était pour l'appendicite de Logan MacCardney, si vous voulez savoir. Nous mangeons probablement mieux que toutes les autres familles de Manawaka, à part les Cameron. Les gens ne peuvent pas se passer totalement de médecins et de croque-morts. Ce n'est pas pour ça que j'ai un sou. Écoutez, mère, je ne sais pas ce qui se passe pour Beth. Paul pense qu'il devra peut-être faire une césarienne. On ne peut pas oublier tout ça? Ne vous occupez pas de la maison. N'y touchez pas. Qu'est-ce que ça peut bien faire?

— Je n'ai jamais vécu dans une maison mal tenue, Ewen, et je n'ai pas l'intention de commencer maintenant.

— Ah, Seigneur. Bon, je vais téléphoner à Edna, et voir si elle peut nous aider. Dieu sait pourtant qu'elle a déjà assez sur les bras avec la maison Connor et ses parents.

— Je n'ai pas envie d'avoir Edna Connor ici, objecta grand-mère MacLeod.

— Et pour quelle raison? cria mon père. C'est la sœur de Beth, non?

— Elle parle de façon si vulgaire. J'ai toujours pensé qu'elle avait une mauvaise influence sur Vanessa. Et je te prierai de ne pas élever la voix quand tu me parles, Ewen.

J'avais du mal à contenir ma colère. Je pensais que mon père allait voler au secours de tante Edna. Mais il n'en fit rien.

— Tout ira bien, dit-il pour la calmer. Elle ne serait ici que quelques heures par jour, mère. Vous pourriez rester dans votre chambre.

Tante Edna arriva le lendemain matin, pleine d'énergie. À la vue de ses courts cheveux noirs et de son sourire, je me sentis aussitôt mieux. Elle extirpa du placard le balai mécanique et la cireuse et se mit à l'ouvrage. J'époussetai pendant qu'elle cirait et balayait, et nous finîmes en un rien de temps le salon et l'entrée.

— Où est Son Altesse royale, mon chou? demanda-t-elle.

— Dans sa chambre. Elle lit le catalogue de Robinson & Cleaver.

— Bonté divine, encore? s'exclama tante Edna. La dernière fois, elle a commandé trois torchons de fil et deux douzaines de serviettes de table. Il y en a eu pour quatorze dollars. Ta mère était dans tous ses états. Je ne devrais sans doute pas te raconter ça.

— Je le savais déjà. Elle en était à la page des mouchoirs de dentelle quand je lui ai monté son café.

— Espérons qu'elle s'en tiendra là. Dieu fasse qu'elle n'arrive pas au linge de réception. Enfin, pour elle, les Irlandais sont tout de même bons à deux choses : le travail manuel et la fabrication du linge de maison. Elle n'a jamais oublié que père était maréchal-ferrant avant d'ouvrir sa quincaillerie. Tu te rends compte? Si seulement ça ne tracassait pas Beth.

— Ça la tracasse? demandai-je. Je compris aussitôt que j'avais fait une fausse manœuvre, car tante Edna se mit à m'examiner attentivement.

— On te fait grandir trop vite. Ne fais pas attention à ce que je dis. J'ai dû me lever du pied gauche ce matin.

Mais je n'étais pas disposée à abandonner le sujet.

— Quand même, dis-je d'un air pensif, la famille de grand-mère MacLeod comptait les lairds de Morven et les connétables du château de Kinlochaline… Je parie que tu ne le savais pas.

Tante Edna ricana.

— Château, mon œil. Elle est née en Ontario, tout comme ton grand-père Connor, et son père était vétérinaire. Allons, mon chou, on ferait mieux de la fermer et de se mettre au boulot.

Nous travaillâmes un moment en silence.

— Tante Edna, finis-je par dire, et maman ? Pourquoi est-ce qu'on ne me permet pas d'aller la voir ?

— Les enfants n'ont pas le droit d'entrer dans les maternités. C'est dur pour toi, je sais. Écoute, ne te fais pas de souci. Si ça ne se déclenche pas ce soir, ils vont l'opérer. Elle est entourée des meilleurs soins.

Je restai là, tenant le plumeau dans mes mains comme un oiseau mort. Les mots me sortirent de la bouche avant même que j'aie voulu parler.

— J'ai très peur.

Tante Edna mit ses bras autour de moi, et son visage était à la fois blessé et sans défense.

— Oh, ma chérie, moi aussi, j'ai très peur.

C'est ainsi que grand-mère MacLeod nous trouva quand elle descendit doucement dans le hall, tenant à la main la commande de deux douzaines de mouchoirs irlandais pur fil bordés de dentelle.

Je fus incapable de trouver le sommeil cette nuit-là, et quand je descendis, je trouvai mon père dans le bureau. Je m'assis sur le pouf à ses côtés, et il me parla de l'opération que ma mère allait subir le lendemain. Il répétait que ce n'était pas grave de nos jours.

— Mais tu es inquiet, hasardai-je, comme pour chercher à expliquer ma propre inquiétude.

— J'aurais dû au moins être capable de t'épargner ça, dit-il d'une voix lointaine, comme s'il se parlait à lui-même. Si seulement le bébé ne s'était pas enroulé le cordon…

— Il va être mort-né, comme la petite fille?

— Je ne sais pas, j'espère que non.

— Elle serait déçue, n'est-ce pas, si le bébé était mort? dis-je sombrement, me demandant pourquoi je ne lui suffisais pas.

— Oui, elle serait déçue, répondit mon père. Elle ne pourra plus en avoir d'autres après celui-ci. C'est en partie pour toi qu'elle veut ce bébé, Nessa. Elle ne veut pas que tu grandisses sans frère ou sœur.

— Pour ce qui est de moi, elle n'avait pas besoin de s'en faire, répondis-je, furieuse.

Mon père se mit à rire.

— Bon, parlons d'autre chose, et peut-être qu'après tu arriveras à dormir. Comment ça s'est passé avec ta grand-mère aujourd'hui?

— Oh, pas mal, je pense. Comment était grand-père MacLeod, papa?

— Qu'est-ce que ta grand-mère t'en a dit?

— Qu'il avait gagné beaucoup d'argent en son temps.

— Ce n'était pas un millionnaire, mais on peut sans doute dire qu'il a bien réussi. Ce n'est pourtant pas ce qui me vient à l'esprit quand je pense à lui.

Il se pencha vers l'étagère, prit un petit volume relié en cuir et l'ouvrit. Les pages étaient couvertes de signes mystérieux, comme des gribouillages, mais beaucoup plus réguliers et structurés.

— Qu'est-ce que c'est? demandai-je.

— Du grec. C'est une pièce intitulée *Antigone*. Regarde, voilà le titre en anglais. Il y en a plein ces étagères. *Œdipe roi, Electre, Médée*. Tous ces livres appartenaient à ton grand-père MacLeod. Il les lisait souvent.

— Pourquoi? demandai-je, incapable de comprendre ce qui pouvait pousser quiconque à se plonger dans ces signes indéchiffrables.

— Cela l'intéressait. Ce devait être un homme très seul, quoique cela ne m'ait pas frappé à l'époque. Quelquefois, on ne découvre les choses que longtemps après.

— Pourquoi donc aurait-il été solitaire? voulus-je savoir.

— C'était la seule personne de Manawaka capable de lire ces pièces en grec. Je ne crois pas que beaucoup de gens les aient lues, même traduites en anglais. Peut-être même personne. Il aurait peut-être voulu être un érudit, je ne sais pas. Mais son père était médecin, alors c'est ce qu'il est devenu. Peut-être qu'il aurait aimé parler à quelqu'un de ces pièces. Elles devaient avoir beaucoup d'importance pour lui.

Il me semblait que mon père parlait bizarrement. Il y avait dans sa voix une tristesse que je n'avais jamais entendue auparavant, et j'aurais voulu dire quelque chose pour le réconforter, mais je n'y arrivais pas, parce que je ne connaissais pas la cause de sa tristesse.

— Tu peux lire cette écriture? demandai-je avec hésitation.

Mon père secoua la tête.

— Non. Je n'ai jamais été très intellectuel. Rod a toujours été plus brillant que moi à l'école, mais même lui ne s'intéressait pas au grec. Peut-être que ça lui serait venu après, s'il avait vécu. Quand j'étais petit, mon rêve à moi était d'entrer dans la marine marchande.

— Pourquoi tu ne l'as pas fait, alors?

— Oh, tu sais, dit mon père d'un ton désinvolte, un gamin qui n'avait jamais vu la mer, ça n'aurait pas fait un grand marin. J'aurais peut-être été du genre à avoir le mal de mer.

La conversation cessa de m'intéresser maintenant qu'il avait repris son ton habituel.

— Grand-mère MacLeod était plutôt furieuse aujourd'hui à propos de la bonne, remarquai-je.

— Je sais. Il faut qu'on soit le plus gentil possible avec elle, Nessa, et ça finira par s'arranger.

Soudain, je décidai de dire ce que j'avais sur le cœur.

— Pourquoi elle ne pourrait pas être gentille avec nous, pour une fois? éclatai-je. C'est toujours nous qui devons être gentils avec elle.

Mon père me mit la main sur le front et m'inclina la tête jusqu'à ce que je fusse obligée de le regarder.

— Vanessa, elle a eu des chagrins dont tu n'as pas idée. C'est pour cela qu'elle a parfois la migraine et qu'elle doit aller se coucher. Ce n'est pas facile pour elle ces temps-ci. La maison est toujours la même, alors elle pense que tout le resté aussi devrait être inchangé. Ça lui fait mal quand elle s'aperçoit que ce n'est pas le cas.

— Je ne vois pas…, commençai-je.

— Écoute, tu te souviens, on parlait des choses auxquelles les gens s'intéressent, par exemple les tragédies grecques pour grand-père MacLeod? Eh bien, le but de ta grand-mère, c'était de devenir une dame, Nessa, et pendant longtemps, il lui a semblé qu'elle en était une.

Je pensai au château de Kinlochaline, et aux vétérinaires en Ontario.

— Je ne savais pas…, balbutiai-je.

— C'est bien ça le problème pour la plupart d'entre nous. Et maintenant, va te coucher. Je téléphonerai demain de l'hôpital dès que l'opération sera terminée.

Je dormis enfin, et dans mes rêves, j'entendis le moineau prisonnier qui volait dans le grenier, et les pleurs de ma mère, et les voix des enfants morts.

Mon père ne téléphona pas avant l'après-midi. Grand-mère MacLeod me dit que j'étais une sotte, parce qu'on pouvait entendre la sonnerie du téléphone dans toute la maison, mais je refusai obstinément de sortir du bureau. Jamais auparavant je n'avais examiné les livres de mon père, mais alors, faute d'occupation, je les sortis un par un et en lus des bribes au hasard. Après m'être livrée à cette activité pendant plusieurs heures, je me rendis compte que la plupart des livres étaient du même genre. Je regardai les titres à nouveau. *Les Bottes de sept lieues, Les Déserts d'Arabie, Les Sept Piliers de la sagesse, Voyages au Tibet, Le Comte Lucknor, démon des mers.* Et une centaine d'autres. Sur une étagère à part, il y avait des exemplaires du *National Geographic,* que j'avais regardés assez souvent, mais jamais avec la passion étrange que je ressentais maintenant, comme si j'étais sur le point de faire une découverte, quelque chose qu'il me fallait trouver et que pourtant je ne voulais pas savoir. Je feuilletai les pages couvertes de photos. Des hibiscus et des orchidées sauvages poussaient dans une confusion de tendres pétales. Les Himalayas se dressaient nobles comme des dieux, leurs sommets neigeux illuminés par le soleil levant. Des léopards bondissaient des profondeurs touffues de jungles innombrables.

Des voiliers tendaient leurs voiles blanches dans les grands vents de la mer, comme des ailes d'anges géants.

— Qu'est-ce que tu es donc en train de fabriquer? lança hargneusement grand-mère MacLeod depuis la porte. Tu as mis du désordre absolument partout. Ramasse immédiatement tout ça, Vanessa, tu m'entends?

Je ramassai les livres et les revues et les rangeai soigneusement comme on me l'avait ordonné.

Quand le téléphone sonna enfin, la peur me paralysa. Je finis par réussir à décrocher. Mon père avait une voix lointaine que le soulagement faisait vaciller.

— Tout va bien, mon chat. Le petit garçon est finalement bien en vie. Ta mère est faible, mais elle se remettra.

Je n'arrivais pas à y croire. Je n'avais envie de parler à personne. Je voulais être toute seule, afin de m'habituer à l'existence de mon frère, pour qui, sans l'avoir encore vu, je ressentais tant de tendresse et de ressentiment.

Ce soir-là, grand-mère MacLeod alla trouver mon père. Encore étourdi de joie de n'avoir plus à craindre pour leur vie à tous deux, il eut du mal à la prendre au sérieux quand elle lui demanda quel nom ils voulaient donner à l'enfant.

— Oh, je ne sais pas. Peut-être Hank, ou Joe. Ou pourquoi pas Fauntleroy?

Elle ne tint pas compte de son ton de plaisanterie.

— Ewen, j'aimerais que vous l'appeliez Roderick.

Mon père changea de visage.

— J'aimerais mieux pas.

— Je pense que vous devriez, insista grand-mère MacLeod, très tranquillement, mais d'une voix aussi pointue et précise que ses ciseaux à ongles d'argent.

— Vous ne croyez pas que c'est à Beth de décider? demanda mon père.

— Beth sera d'accord si tu es d'accord.

Mon père n'essaya pas de nier un fait si évident dont même moi, j'avais conscience. Il ne répondit rien. Puis, fait inouï, la voix de grand-mère MacLeod se mit à trembler légèrement.

— Ce serait très important pour moi.

Je me rappelai ce qu'elle m'avait dit : *Quand ton oncle Roderick a été tué, j'ai cru que j'en mourrais. Mais je ne suis pas morte.* Soudain, son amour pour ce mort inconnu devint une réalité pour moi. Et pourtant je lui en faisais grief, car je voyais bien que c'est ce qui lui avait donné la victoire.

— C'est bon, dit mon père d'une voix lasse, nous l'appellerons Roderick.

Soudain, il renversa la tête et se mit à rire d'une façon qui me fit peur.

— Roderick Dhu! s'écria-t-il. C'est ainsi que vous l'appellerez, n'est-ce pas? Roderick le Noir. Comme au temps jadis. Vous ne vous rappelez pas? Comme s'il avait été un personnage de Walter Scott et non un gamin ordinaire qui...

Il s'interrompit et la regarda avec une sorte de désolation.

— Je regrette, mère. Je n'avais pas le droit de dire ça. Grand-mère MacLeod ne broncha pas, ne trembla pas, ne trahit aucune émotion.

— J'accepte tes excuses, Ewen.

Ma mère dut garder le lit plusieurs semaines après son retour à la maison. Le berceau du bébé était dans la chambre de mes parents et je pouvais aller regarder la petite créature qui reposait là, avec ses poings serrés et ses cheveux de duvet noir. Tante Edna venait aider tous les matins et allait prendre un café avec ma mère quand elle avait fini. Elles fermaient la porte, mais cela ne m'empêchait pas d'écouter en cachette, car il y avait une conduite dans le plancher de la chambre d'amis qui communiquait avec l'arrivée d'air de la chambre de mes parents. Si on collait l'oreille à la grille de fer, c'était presque comme un poste de radio.

— Cela t'a beaucoup contrariée, Beth? disait tante Edna.

— Oh, ce n'est pas le nom qui me dérange. C'est juste qu'Ewen se soit senti obligé de le faire. Tu sais que Rod ne voyait que d'un œil?

— Oui, bien sûr. Et alors?

— Il n'y avait qu'un an et demi de différence entre Ewen. et Rod, alors ils s'amusaient ensemble quand ils étaient petits. C'est la carabine d'Ewen qui a fait ça.

— Oh, mon Dieu! Tante Edna paraissait bouleversée. Je suppose qu'elle lui en a toujours fait porter la culpabilité?

— Non, je ne crois pas que ce soit tellement ça, en fait; C'est sa réaction à lui. Je crois qu'il se demandait même parfois si... mais on ne devrait pas se permettre ce genre de pensée, ou il y a de quoi devenir fou. Les accidents, ça arrive, après tout. Quand la guerre a éclaté, Ewen s'est engagé le premier. Rod n'aurait jamais dû être accepté par l'armée mais il brûlait d'impatience de s'engager. Il a dû mentir sur sa vue. On ne s'apercevait de rien si on ne le regardait pas de près, et je ne pense pas que les médecins y regardaient de trop près à l'époque. Il a été enrôlé comme artilleur et Ewen a demandé à l'avoir dans sa compagnie. Je suppose qu'il pensait pouvoir le protéger, puisque Rod était... handicapé. Ce n'étaient encore que des gamins tous les deux. Ewen avait dix-neuf ans et Rod dix-huit quand ils sont allés en France. Et puis, il y a eu la Somme. Je ne sais pas, Edna, je crois qu'Ewen a pensé que si Rod avait eu une vue normale, ou n'avait pas été dans la même compagnie et avait été envoyé ailleurs... Tu sais comme les gens refont l'histoire après coup dans ces cas-là. Non que cela serve à quoi que ce soit. Ewen n'était pas là quand Rod a été touché. Ils s'étaient perdus de vue et Ewen était en train de le chercher, sans rien en tête que de le trouver, tu sais, cherchant partout comme un fou. Et puis il est tombé dessus tout à fait par hasard. Rod était encore vivant, mais…

— Arrête, Beth. Tu te fais du mal.

— Ewen ne m'en a jamais parlé, continua ma mère, jusqu'au jour où sa mère m'a montré la lettre qu'il lui avait écrite à ce moment-là. C'était une lettre étrange, presque officielle, racontant avec quelle bravoure Rod était mort et tout ça. Je pense que je n'aurais pas dû, mais je lui ai dit que sa mère m'avait montré la lettre. Il était très en colère. Et puis, comme s'il éprouvait une honte terrible, il a dit : *Il fallait que je lui écrive, mais ce n'est pas ainsi que les hommes meurent, Beth. Cela ne s'est pas du tout passé ainsi.* C'est seulement après la guerre qu'il a décidé de rentrer, de faire sa médecine et de s'installer avec son père.

— C'est ce que voulait faire Rod ? demanda tante Edna.

— Je ne sais pas, répondit lentement ma mère. Je ne me suis jamais senti le droit de poser la question à Ewen.

Tante Edna s'était mise à desservir, car j'entendais le heurt des tasses et des soucoupes qu'elle empilait sur le plateau.

— Tu sais ce que je l'ai entendue dire à Vanessa un jour ? *Les MacLeod ne disent jamais de mensonges.* Textuellement. Même alors, je ne savais pas s'il fallait en rire ou en pleurer.

— Je t'en prie, Edna… Ma mère avait l'air épuisée maintenant. Il ne faut pas…

— Ah, Seigneur, dit tante Edna avec remords. J'ai toute la délicatesse d'un dix-tonnes. Je ne pensais pas à Ewen, grands dieux. Ce n'est pas du tout ce que je voulais dire. Allons, laisse-moi retaper tes oreillers.

Puis le bébé se mit à pleurer et il me fut impossible d'entendre d'autres choses intéressantes. Je pris ma bicyclette et m'en allai au-delà de Manawaka, roulant au hasard le long du chemin de gravier. C'était la fin de l'été et le blé avait changé de couleur, mais au lieu d'être haut et cuivré dans les champs, il était chétif et desséché, car il n'y avait pas eu de pluie cette année non plus. Mais dans le petit bois où j'avais pénétré en rampant sous la clôture de barbelé et où j'étais étendue sur l'herbe, les myriades de feuilles de peuplier devenaient d'un jaune lumineux et brillaient comme des vitraux au soleil. J'approchai ma tête de la terre et regardai ce qui se passait. Des sauterelles aux yeux énormes s'affairaient avec des bruits d'horloge, comme si l'air sec convenait parfaitement à leurs desseins. Une libellule grimpait péniblement le long d'un brin d'herbe ; elle tomba et recommença son manège sans se rendre compte, apparemment, qu'elle avait des ailes et qu'elle aurait pu atteindre son but en volant.

Je pensais aux accidents qui pouvaient facilement arriver à quelqu'un – ou, bien sûr, qui pouvaient aussi ne pas arriver, ou arriver à quelqu'un d'autre. Je pensais au bébé mort, cette sœur qui aurait aussi bien pu être moi. Dans ce cas, est-ce que ce serait elle, couchée là à ma place ? Et ce serait sur son bras brun que l'herbe acérée imprimerait ses petites morsures, et ce serait elle que le soleil pénétrerait jusqu'au cœur? Je pensais aux volumes de grec reliés, et aux six sortes de gâteaux que l'on servait toujours dans la maison MacLeod, et aux photos de léopards et de mers vertes. Je pensais à mon frère qui était finalement vivant et qui venait maintenant de recevoir le nom qui allait être le sien toute sa vie.

Je n'arrivais pas à comprendre vraiment ces choses, mais je percevais leur étrangeté, leur confusion. Je sentais que s'il était une chose en ce monde que Dieu aimait, ce n'était sûrement pas l'ordre.

LE MASQUE DE L'OURS

En hiver, mon grand-père Connor portait une énorme pelisse taillée dans une peau d'ours. C'était un manteau hirsute, touffu, bizarrement bigarré en plaques qui allaient de l'ambre quasiment jusqu'au noir. Il exhalait une odeur épouvantable quand il était mouillé de neige. On aurait dit qu'il avait appartenu de son vivant à un grand Kodiak solitaire et grincheux rôdant sur un haut plateau ou à un grizzli vénérable marqué par ses batailles dans les sinistres forêts du Nord. En réalité, il s'agissait d'un ours brun ordinaire et il était venu, ô déception, d'un endroit sans plus de prestige que Galloping Mountains, à une centaine de milles seulement de Manawaka. Mon grand-père avait reçu la peau en paiement au temps où il était maréchal-ferrant, avant de devenir quincaillier et de refuser les paiements en nature. Il l'avait fait bricoler en pelisse par le cordonnier du coin et grand-mère Connor avait réussi à y coudre une doublure. De quand datait le manteau, personne ne le savait exactement, mais ma mère, qui était l'aînée de la famille, disait qu'elle le lui avait toujours connu. Pour moi, qui avais dix ans et demi, cela voulait dire que le manteau était vieux d'un siècle. Il était si lourd que je ne pouvais même pas le soulever seule. Je ne me demandais pas comment il pouvait porter sur lui ce poids phénoménal ni pourquoi il choisissait de le faire, parce qu'il était évident que, quoique vieux, il était encore extraordinairement fort, bâti pour soulever des tonnes.

Quand j'accompagnais ma mère au magasin de modes Simlow et que je me faisais des grimaces dans le grand miroir pendant qu'elle essayait des robes, Millie Christopherson, qui travaillait là, susurrait chaque fois une formule qui me faisait hennir de rire jusqu'à ce que ma mère, qui ne badinait pas avec les bonnes manières, me tapote anxieusement les épaules de ses mains fines et nerveuses. « C'est bien votre genre, madame MacLeod, disait Millie d'un air inspiré, aucun doute, c'est tout à fait vous. » J'appliquais la formule au manteau d'hiver de mon grand-père. « C'est tout à fait vous », minaudais-je méchamment dans sa direction, mais jamais, bien sûr, à haute voix.

Dans ma tête je l'appelais parfois « le Grand Ours ». Ce nom évoquait bien plus que son manteau et son caractère revêche. C'était la manière dont, le dimanche, il arpentait lourdement la Maison de brique, comme s'il était en cage, attendant avec impatience le début de la nouvelle semaine qui lui rendrait la seule liberté qu'il connût, celle du travail. C'était la façon dont il se retirait dans le sous-sol chaque fois qu'un homme rendait visite à tante Edna, ce qui à l'époque n'était pas fréquent, parce que – ainsi que je l'avais entendu dire par ma mère, navrée, à mon père – la plupart des jeunes célibataires, à Manawaka, fabulaient sur son séjour à Winnipeg ; et qu'en outre ses manières désinvoltes – mot dont j'ignorais le sens – n'étaient pas faites pour arranger les choses. Mais si jamais on l'invitait au cinéma, et que l'homme attendait en échangeant des propos guindés sur la pluie et le beau temps avec grand-mère Connor, grand-père rôdait à travers le salon comme s'il cherchait vainement un lieu de repos, regardait fixement devant lui sans dire un mot puis descendait au sous-sol pour gagner la chaise berçante derrière la salamandre. Hors du sous-sol, il serait mort plutôt que de s'asseoir dans une chaise berçante, meuble qu'il considérait comme réservé exclusivement aux vieillards, au nombre desquels il ne se rangeait jamais. Cependant, depuis son antre, le craquement coléreux des bascules de bois contre le sol de ciment se répercutait dans toute la maison en une sorte d'espéranto inarticulé, un blâme que même la personne la plus obtuse ne pouvait manquer de comprendre.

Sans me le dire explicitement, j'associais aussi ce nom secret au lac du Grand Ours, que je n'avais vu que sur les cartes et que j'imaginais comme de profondes eaux noires, s'étendant très loin de nos prairies familières de champs apprivoisés et de clôtures de barbelés, quelque part dans les régions de rocs déchiquetés et de glaces éternelles, là où les voix humaines se perdaient dans une froide immobilité ombreuse sans même laisser une trace de chaleur.

Un samedi après-midi de janvier, j'étais à la patinoire quand mon grand-père fit une apparition inattendue. Il portait son formidable manteau, et dire qu'il avait l'air déplacé parmi les patineurs se pressant sur la glace serait un euphémisme. Embarrassée, je fonçai vers lui.

— Ah, te voilà, Vanessa. Il est temps, dit-il, comme si cela faisait des heures qu'il me cherchait. Retire tes patins et viens. Tu dois venir dîner à la maison avec moi. Tu vas passer la nuit chez nous. Ton papa est parti à Freehold et ta mère est allée avec lui. Ils ont vraiment choisi le bon moment. Il y a un blizzard qui se prépare, si tu veux mon avis. Ils ne seront sans doute pas de retour avant plusieurs jours. Je ne vois pas pourquoi Ewen ne dit pas tout simplement aux gens de se débrouiller pour aller à l'hôpital. Il est trop accommodant. Ça ne lui vaudra pas un sou ni un mot de remerciement, tu peux en être sûre.

Mon père et le Dr Cates se partageaient les appels dans la campagne. Souvent, quand mon père partait en hiver, ma mère l'accompagnait, pour le cas où la vieille Nash se serait enlisée dans la neige et aussi pour lui parler et l'empêcher ainsi de s'endormir au volant, car la neige qui tombe a un effet hypnotique.

— Et Roddie? demandai-je. Mon frère n'avait que quelques mois.

— La vieille dame s'en occupe, répondit sèchement grand-père Connor.

La vieille dame signifiait ma grand-mère MacLeod, qui avait en réalité quelques années de moins que grand-père Connor. Il la désignait toujours ainsi, cependant, par insulte délibérée, et sur ce point, c'était pour une fois à lui qu'allait ma sympathie. Il soutenait, à juste titre, qu'elle se donnait de grands airs parce que son mari avait été médecin, que son fils en était un, et qu'elle méprisait les Connor parce qu'ils faisaient partie des Irlandais chassés de chez eux par la famine[1] – des protestants, quand même, Dieu merci. En dehors de Noël, grand-père Connor et grand-mère MacLeod se rencontraient rarement et n'échangeaient jamais plus de quelques mots. S'ils s'étaient jamais réellement affrontés, la rencontre aurait été celle d'un brontosaure fonçant sur un tyrannosaure.

— Dépêche-toi, dit-il, quand j'eus enlevé mes patins et mis mes bottillons. Il faut que tu apprennes à ne pas traîner. Tu es une affreuse traînarde, Vanessa.

Je ne répondis pas. En guise de protestation, quand nous quittâmes la patinoire, je me mis à faire des enjambées excessives. Mais il ne prêta aucune attention aux reproches silencieux que j'essayais de lui faire en allant trop vite. Il marchait à mes côtés d'un pas régulier, en silence, enveloppé dans son grand manteau de fourrure et dans son autorité.

La Maison de brique était à l'autre bout de la ville ; aussi, tout en traînant les pieds dans la neige et en serrant mon écharpe de laine bleu marine autour de mon nez pour m'abriter du vent cinglant, je réfléchissais à l'histoire que seule dans ma chambre, le soir, j'écrivais dans un cahier à cinq sous. J'étais très préoccupée par les thèmes de l'amour et

---

1. Une série de mauvaises récoltes de pommes de terre frappa l'Irlande de 1846 à 1849. La famine, aggravée par le choléra, provoqua la mort d'un million et demi d'Irlandais et en contraignit un million à émigrer. La plupart s'établirent en Amérique.

de la mort, quoique mon expérience de l'un comme de l'autre ait été jusque-là essentiellement tirée de la Bible que je lisais comme je lisais le catalogue Eaton ou les œuvres complètes de Kipling – parce qu'il me fallait quelque chose à lire et que les finances familiales pendant les années trente ne permettaient pas d'acheter assez de volumes de *Docteur Doolittle* ou du *Magicien d'Oz* pour suffire à mes besoins.

Pour les scènes d'amour, je trouvai des éléments utiles dans le *Cantique des cantiques* : *Qu'il me donne un baiser de sa bouche, car son amour est meilleur que le vin*, ou *J'ai cherché dans mon lit durant les nuits celui qu'aime mon âme ; je l'ai cherché et je ne l'ai point trouvé*[2].

Mon interprétation était un peu vague, et je n'étais guère aidée par les explications en petits caractères données en tête de chapitre : *Soin que l'Église prend de chercher Jésus-Christ son époux lorsqu'il se cache au milieu des tribulations dont elle est affligée. Nouvel éclat qu'elle reçoit après être passée par ces tribulations,* etc. Ces explications ne me déconcertaient pourtant pas, car même à cette époque, je pensais qu'elles étaient mises là à l'intention des êtres doux et angéliques comme ma grand-mère Connor, afin qu'ils puissent lire les Saintes Écritures sans embarras. Pour moi, la femme du Cantique était une reine barbare, belle et terrible, et je la voyais clairement, dans une longue robe de

---

2. Les citations de la Bible sont empruntées à la traduction de Lemaistre de Sacy, directeur de conscience des religieuses de Port-Royal (xviie siècle).

léopard, avec un ou deux lourds bracelets d'or, arpentant une cour d'albâtre et chantant son amour sans retour.

L'héroïne de mon histoire – qui se passait dans l'Égypte ancienne, mon ignorance de cette époque ne me dérangeant pas – ressemblait beaucoup à la femme du *Cantique des cantiques,* sauf que la mienne avait de longs cheveux ondulés auburn et que, quand son bien-aimé la quittait, tout ce qu'elle pouvait se résoudre à manger, c'était un avocat, ce qui me semblait un substitut amoureux infiniment plus distingué et exotique que les pommes. Son jeune amant était un sculpteur de talent envoyé dans le désert par le cruel pharaon – les pharaons étaient toujours cruels, sur ce point j'étais catégorique – afin de sculpter un sphinx géant destiné à la tombe royale. Devais-je la faire mourir tandis qu'il était au loin ? Valait-il mieux qu'il périsse dans le désert ? Lequel des deux aimais-je le moins ? Pour les personnages que je préférais, les choses finissaient toujours par s'arranger à la fin. Pourtant, les scènes de mort avaient un attrait indéniable, une sombre splendeur, avec – comme il est écrit dans l'Ecclésiaste – le cortège funèbre qui parcourait les rues parmi les lamentations des musiciennes. La mort aussi bien que l'amour semblaient fâcheusement loin de Manawaka et de la neige, et de mon grand-père tapant ses semelles sur la galerie de la Maison de brique et me disant d'en faire autant sinon je laisserais des traces mouillées tout au long du parquet ciré.

Il faisait trop chaud dans la maison, presque étouffant. Grand-père brûlait toujours du bouleau dans la salamandre, quoique cela soit deux fois plus cher que le peuplier. De plus, maintenant qu'il s'était retiré de sa quincaillerie, la salamandre lui donnait quelque chose à faire, aussi était-il constamment en train de la recharger. Grand-mère Connor était dans la salle à manger, corpulente dans sa robe de rayonne marron ; elle était penchée sur la cage du canari.

— Bonjour, mon lapin, dit-elle en m'accueillant. Si seulement tu avais entendu Titoiseau, il y a une minute – un de ces trilles qui n'en finissent pas. Il vient de muer, et c'est la première fois qu'il chante depuis des semaines.

— Formidable, dis-je avec enthousiasme, car si je ne m'intéressais pas aux canaris, j'étais par contre très attachée à ma grand-mère. C'est chouette. Peut-être qu'il va recommencer.

— Toujours à faire des saletés, ces oiseaux, commenta grand-père. Je vois vraiment pas ce que tu trouves à une bête idiote comme ça, Agnès.

Ma grand-mère n'essaya pas de répondre.

— Voudrais-tu une tasse de thé, Timothy ?

— C'est presque l'heure du souper, non ?

— Non, pas avant un petit moment.

— Il est bien plus de cinq heures. Je me demande ce qu'Edna peut bien fabriquer.

— Elle a enfourné le rôti, répondit grand-mère, mais ce n'est pas encore cuit.

— C'est quand même un peu fort de jamais pouvoir manger à l'heure, dit-il, vu qu'elle a strictement rien d'autre à faire.

Comme souvent à la Maison de brique, j'eus l'impression que mes poumons allaient éclater, que le poids du silence allait devenir insupportable. J'avais envie de faire remarquer – sachant que grand-mère Connor ne le ferait jamais – que ce n'était pas la faute de tante Edna s'il était impossible de trouver le moindre travail et que, comme l'avait souvent dit ma mère, elle s'usait les doigts jusqu'à l'os pour ne pas avoir l'impression de lui devoir son pain. Que sans elle il aurait dû engager une bonne, parce que grand-mère Connor ne pouvait plus tenir une maison de cette taille. Et puis que l'horloge de la salle à manger indiquait exactement cinq heures dix, et que le souper chez les Connor avait toujours été à six heures sonnantes. Et puis… et puis… mille autres répliques se pressaient dans ma tête ; je m'étranglais de rage. Mais je ne dis rien. Je n'étais pas si bête. Je préférai aller à la cuisine.

Tante Edna portait son chandail corail et sa jupe plissée grise, et je la trouvai très jolie, même avec son tablier. Je la trouvais toujours très jolie, quoi qu'elle porte, mais si je le lui disais, elle se contentait de rire et me répondait qu'elle avait de la chance que le chœur de ses admirateurs compte au moins une personne.

— Salut, mon chou, dit-elle. Tu veux dormir dans ma chambre ce soir, ou tu veux que je fasse le lit dans la chambre d'amis?

— Dans ta chambre, me hâtai-je de répondre, car cela voulait dire qu'elle me laisserait essayer son rouge à lèvres et utiliser sa crème Jergens pour les mains. Et si je restais réveillée jusqu'à ce qu'elle vienne se coucher, nous chuchoterions dans le noir.

— Comment marchent *Les Piliers de la Nation*? demanda-t-elle.

C'était mon épopée sur la vie des pionniers. J'en étais au moment où le mari, retournant un soir à sa cabane, s'aperçoit à sa grande surprise qu'il va être père. Il fait cette intéressante découverte en trouvant sa femme occupée à construire un berceau en écorce de bouleau. Puis était venue la découverte que grand-père Connor avait été un pionnier, et l'histoire avait perdu tout intérêt pour moi. Si c'était ça les pionniers, avais-je pensé, ma plume serait mieux employée ailleurs.

— J'ai laissé tomber, répondis-je laconiquement. Je suis en train d'inventer une autre histoire, mille fois mieux. Ça s'appelle *Le Sphinx d'argent*. Je parie que tu ne devines pas le sujet.

— Le désert? Un trésor enfoui? Un meurtre mystérieux?

Je secouai la tête.

— L'amour.

— Grands dieux, dit tante Edna, très sérieuse. Ça a l'air fascinant. Où trouves-tu tes idées?

Je n'eus pas le courage de mentionner la Bible. J'avais peur qu'elle trouve ça drôle.

— Oh, par-ci, par-là, répondis-je vaguement. Tu sais bien.

Elle me lança un regard curieux, comme si elle voulait me questionner plus avant, mais juste à ce moment-là, le téléphone se mit à sonner, et je me précipitai pour répondre, pensant que ce pouvait être ma mère ou mon père téléphonant de Freehold. Mais non. C'était une voix que je ne connaissais pas, une voix d'homme.

— Pourrais-je parler à Edna Connor?

— Un instant, je vous prie. (Je couvris d'une main l'écouteur et de l'autre le cornet fixé au mur.)

— C'est pour toi, soufflai-je en lui lançant un sourire en coin. Un inconnu!

— Seigneur, dit tante Edna avec ironie. Ces hordes d'admirateurs seront ma mort. Probablement Todd Jeffries de chez Burns à propos de la lampe pétée.

Elle se hâta néanmoins. Puis, lorsqu'elle entendit la voix, je lus sur son visage la stupéfaction, et autre chose que je ne pouvais identifier.

— Mon Dieu, où es-tu? s'écria-t-elle enfin. À la gare, *ici*? Mon Dieu. Pourquoi tu n'as pas écrit pour dire que… Oui, bien sûr que je suis… Oh, tant pis. Non, attends là. Je vais venir te chercher. Tu n'arriverais jamais à trouver la maison…

Je ne l'avais jamais entendue parler ainsi, dans la panique. Elle finit par raccrocher. Son visage était celui d'une étrangère et, pour une raison obscure, j'en fus blessée.

— C'est Jimmy Lorrimer. Il est à la gare du Canadien Pacifique. Il va venir ici. Mon Dieu, si seulement Beth était là.

— Pourquoi?

Moi aussi, j'aurais voulu que ma mère soit là, mais je ne comprenais pas en quoi c'était important pour tante Edna. Je savais qui était Jimmy Lorrimer. C'était un homme avec qui tante Edna était sortie quand elle vivait à Winnipeg. C'est lui qui lui avait donné l'essence de rose dans un vaporisateur avec une poire gainée d'un filet vert – le parfum qu'elle répandait toujours dans sa chambre quand elle avait fumé une cigarette. Jimmy Lorrimer avait joui, dans mon imagination, du prestige de l'inconnu, mais d'un seul coup, je sentis que j'allais le détester.

Je compris que tante Edna faisait allusion à ce que grand-père Connor pourrait faire ou dire, et j'eus aussitôt honte de mes mauvais sentiments envers Jimmy Lorrimer. Même si c'était un mufle, un chameau, un crétin, je me jurai de bien l'accueillir. Je l'imaginais avec l'allure tapageuse d'un joueur que j'avais vu au cinéma : costume à carreaux, fine moustache gominée, épingle de cravate en diamant, œillade assassine. Aucune importance. Aucune importance, fût-il Lucifer en personne.

— Je suis contente qu'il vienne, déclarai-je loyalement.

Tante Edna me jeta un regard bizarre. Sa bouche frémit comme si elle allait sourire. Puis elle se baissa et me serra dans ses bras, et je sentis qu'elle tremblait. À ce moment-là, grand-mère Connor entra dans la cuisine.

— Ça va, mon petit? demanda-t-elle à tante Edna. Il y a un problème?

— Maman, c'est un vieil ami qui vient juste de téléphoner. Jimmy Lorrimer. Il est de Winnipeg. Il est de passage à Manawaka. Je peux l'inviter à souper?

— Mais bien sûr, ma chérie, dit grand-mère. Quelle chance que nous ayons le rôti. Il y en aura largement assez. Vanessa, descends dans le cellier chercher un bocal de fraises, veux-tu? Et un petit pot de sauce chili. Non, attends, la moutarde douce irait peut-être mieux avec le rôti. Qu'est-ce que tu en penses, Edna?

Elle parlait comme si c'était le seul problème important posé par la situation. Mais pendant tout ce temps-là, elle n'avait pas quitté des yeux le visage de tante Edna.

— Edna, dit elle, avec un grand effort. Est-ce que c'est un... un homme de bien?

Tante Edna cligna des yeux, l'air perdue, comme si on lui avait parlé dans une langue inconnue.

— Oui.

— Tu es sûre, mon petit?

— Oui, répondit tante Edna, d'un ton un peu plus convaincu.

Grand-mère Connor hocha la tête, sourit d'un air rassurant et tapota le poignet de tante Edna.

— C'est bien, ma chérie. Je vais parler à père. Tout ira bien. Ne te fais aucun souci.

Quand grand-mère Connor fut retournée dans le salon, tante Edna commença à enfiler ses couvre-chaussures noirs bordées de fourrure. Quand elle parla, je ne savais si elle s'adressait à moi ou non.

— Je ne lui ai pas dit un traître mot, dit-elle d'un ton surpris. Je me demande comment elle sait, ou si elle sait réellement. *Un homme de bien.* Quelle expression. J'aimerais mieux ne pas savoir le sens qu'elle donne à ces mots. Ou alors, j'aimerais mieux qu'elle sache celui que moi je leur donne. Ah, si seulement Beth était là.

Je compris alors que ce n'était pas à moi qu'elle parlait, que ce qu'elle avait à dire ne pouvait pas m'être adressé. Je me sentis transie d'enfance, incapable d'établir avec elle un vrai contact, à cause du fardeau glacé de mon inexpérience. J'allais dire quelque chose, n'importe quoi, même une bêtise, quand ma tante fit *chut,* et nous tendîmes l'oreille pour entendre ce qui se disait dans le salon.

— Un ami d'Edna vient souper, Timothy, annonçait tranquillement ma grand-mère. Un jeune homme de Winnipeg.

Un silence. Puis «Winnipeg!» s'exclama mon grand-père, faisant sonner le mot comme si Jimmy Lorrimer arrivait tout droit de son harem de Casablanca.

— Qu'est-ce qu'il fait ? ajouta-t-il d'un ton impérieux.

— Edna ne me l'a pas dit.

— Ça ne m'étonne pas, dit sombrement grand-père. Je ne la laisserai pas courir avec ce genre de type. Elle n'a pas plus de cervelle qu'un moineau.

— Elle a vingt-huit ans, dit grand-mère, presque sur un ton d'excuse. De toute façon, c'est seulement un ami.

— Un ami ! dit grand-père en écrasant le mot. Puis, sans élever la voix, mais avec une étrange véhémence : Tu ne sais pas la moindre chose des hommes, Agnès. Tu n'en as jamais rien su.

Même moi, je pouvais imaginer un certain nombre de répliques bien senties dont ma grand-mère aurait pu le gratifier, mais elle s'en abstint. Elle ne dit rien. Je regardai tante Edna, et je vis qu'elle avait fermé les yeux comme quand on a mal à la tête. Puis nous entendîmes la voix de grand-mère. Elle parlait enfin, non pas de son habituelle voix placide et imperturbable, mais avec hésitation.

— Timothy, s'il te plaît. Sois aimable avec lui. Fais-le pour l'amour de moi.

Pour l'amour de moi. Cela ressemblait si peu à ma grand-mère que je fus sidérée. Elle n'était pas du genre à vous demander de faire quelque chose pour l'amour d'elle, pas même pour l'amour de Dieu. Si l'on était bon, selon ma grand-mère, c'était parce que la bonté était une fin en soi. Quant à trancher si l'on avait bien fait ou non, cela revenait au Tout-Puissant. *Ne jugez pas et vous ne serez pas jugé.* Tel était son précepte favori quand je m'emportais contre une de mes amies. En bonne baptiste, elle était convaincue que c'était un péché de demander quelque chose pour soi dans ses prières. Il fallait prier seulement pour obtenir la force de supporter ce que le Seigneur jugeait bon de vous envoyer. J'étais absolument incapable de suivre ce conseil, car quoique le ton de mes prières me mît souvent mal à l'aise, j'étais du genre à prier frénétiquement : « S'il vous plaît, mon Dieu, s'il vous plaît, *s'il vous plaît,* faites que Ross MacVey me préfère à Mavis. » En ne demandant rien à sa famille ni à Dieu, grand-mère Connor ne faisait pas preuve d'abnégation. Elle croyait simplement que ce qui nous arrivait dans cette vie était dans d'Autres Mains. L'acceptation était son essence même. Je ne pense pas qu'à ses propres yeux elle ait jamais vécu dans un état de soumission. Pour le reste de la famille, qui se débattait avec un vain acharnement dans toutes sortes de dilemmes compliqués, elle devait souvent paraître vivre dans un perpétuel état de grâce, mais je suis sûre que ce n'est pas ainsi qu'elle voyait les choses.

Grand-père Connor ne semblait pas l'avoir entendue.

— Je parie qu'il va encore falloir attendre le souper jusqu'à demain matin.

Mais le souper fut servi dès que tante Edna fut de retour avec Jimmy Lorrimer, car elle se précipita immédiatement à la cuisine et en un clin d'œil, nous nous retrouvâmes assis autour de la grande table ronde de la salle à manger.

Jimmy Lorrimer n'était pas du tout comme je croyais. Loin d'avoir l'allure d'un joueur du Mississipi, il avait la tête de tout le monde, de n'importe quel oncle ou cousin adulte ; il était banal à tous points de vue, ni particulièrement beau garçon, ni d'une laideur intéressante. Il n'était pas vilain à regarder, mais, pensais-je aussitôt, avec un pincement de cœur coupable pour ma trahison envers tante Edna, il n'y avait pas de quoi en faire un plat. Il portait un costume marron et une cravate verte. La seule chose chez lui qui sortait de l'ordinaire était sa façon de plaisanter, la même que celle de tante Edna. Mais alors que j'aimais ce ton sarcastique chez elle, je n'étais jamais à l'aise si c'étaient des étrangers qui l'adoptaient, car je ne voyais pas la frontière entre le rire auquel on m'associait et la raillerie.

— Vous venez de Winnipeg, hein ? commença grand-père Connor. Je suppose qu'une petite ville comme Manawaka ne représente rien pour des gens comme vous.

Sans attendre une confirmation ou une réfutation, il continua d'une traite.

— Je ne peux pas supporter les gens qui s'imaginent que les petites villes ne valent rien. Prenez une grande ville. On peut y vivre pendant vingt ans sans même connaître son voisin. Un problème survient : qui va vous aider ? Personne ne lèvera le petit doigt.

Jamais de sa vie grand-père Connor n'avait vécu dans une grande ville, aussi sa connaissance directe de ce mode de vie était-elle pour le moins limitée. Quant aux problèmes, la pensée de mon grand-père demandant de l'aide ou une assistance quelconque à un habitant de Manawaka était inconcevable. Il serait mort de faim, physiquement ou spirituellement, plutôt que de devoir à quiconque un sou ou un mot.

— Hé, doucement, protesta Jimmy Lorrimer. Je n'ai jamais dit ça sur les petites villes. En fait, j'ai moi-même grandi dans une petite ville. Je viens de McConnell's Landing. Vous en avez entendu parler?

— Oui, je connais, dit sèchement grand-père, et personne ne pouvait deviner à son ton si McConnell's Landing était un endroit de mauvaise réputation ou s'il pensait simplement que l'on mettait en doute sa connaissance de la géographie. Alors, pourquoi êtes-vous parti?

Jimmy haussa les épaules.

— Guère de possibilités là-bas. J'ai dû chercher fortune ailleurs. Je ne peux pas dire que j'ai trouvé, mais je continue à chercher.

— Sûr que tu deviendras un vrai magnat, glissa tante Edna.

— Tu peux parier, mon chou, répondit Jimmy. Attends voir. Les temps vont changer.

Je n'aimais pas l'entendre dire: «Mon chou.» C'était un mot qui appartenait à tante Edna, celui dont elle se servait pour m'appeler. Il ne lui appartenait pas.

— Seigneur, ils ne changeront jamais assez vite pour mon goût, dit tante Edna. Faut croire que j'ai pas ton optimisme.

— En fait, moi non plus, dit-il en riant, mais garde ça pour toi, hein!

Grand-père Connor avait écouté cet échange avec une certaine impatience. Il se tourna de nouveau vers Jimmy.

— Qu'est-ce que vous faites dans la vie?

— Je travaille pour la compagnie de prêts Reliable, monsieur Connor. Mais je n'ai pas l'intention d'y passer ma vie. J'aimerais monter ma propre affaire. Ce qui m'intéresse vraiment, ce sont les voitures. Mais ce n'est pas facile de se lancer de nos jours.

Les opinions de grand-père Connor sur les questions sociales étaient énoncées avec une telle clarté et une telle fréquence que même moi, j'aurais pu les réciter : tous les syndicats étaient composés de brigands et d'escrocs ; si les gens étaient sans travail, la faute en était à leur paresse ; si les gens étaient sans le sou, c'est qu'ils ne s'étaient pas montrés économes. Maintenant, pourtant, un air tragique d'intense compassion se peignit sur son visage, tandis qu'il se transformait subitement en défenseur des pauvres et des opprimés.

— Une compagnie de prêts! Bande de sangsues. Ils se fichent pas mal de comment le pauvre monde peut être au bout du rouleau. Ils lui prennent tout ce qu'il a, sans sourciller. Bon sang, j'aurais jamais cru qu'un jour viendrait où je serais à table avec un de ces types.

Le visage de tante Edna s'était figé.

— Jimmy, ne fais pas attention à lui.

Grand-père se tourna vers elle, et ils se regardèrent avec une rage indescriptible, mais sans un mot. Je ne pouvais m'empêcher d'avoir pitié de Jimmy Lorrimer. Il marmonna vaguement qu'il avait un train à prendre et se mit à manger rapidement. Grand-père se leva.

— J'en ai assez, dit-il.

— Tu ne veux pas de dessert, Timothy ? demanda grand-mère, comme s'il ne lui était pas venu à l'esprit qu'il pouvait faire allusion à autre chose qu'au repas. Alors seulement je me rendis compte que c'était la première fois qu'elle prenait la parole depuis que nous étions passés à table. Grand-père ne répondit pas. Il descendit au sous-sol. Comme on pouvait s'y attendre, quelques instants plus tard nous entendîmes les patins de son fauteuil résonner comme un lointain tonnerre. Après le dîner, grand-mère s'installa dans le salon, mais elle ne sortit pas le gilet rouge qu'elle tricotait pour moi. Elle restait assise sans rien faire, immobile, les mains croisées.

— Je te dispense de vaisselle ce soir, ma chérie, me dit tante Edna. Jimmy va m'aider. Tu peux essayer mon rouge à lèvres si tu veux, mais pour l'amour du Ciel, débarbouille-toi avant de redescendre.

Je montai, mais je n'allai pas dans la chambre de tante Edna. Je me rendis dans la chambre du fond, vers l'un de mes postes d'écoute. Dans le plancher, il y avait un trou rond par où passait autrefois le tuyau de poêle qui montait de la cuisine. L'orifice était maintenant recouvert d'une feuille d'aluminium perforée, peinte en brun, qu'apparemment personne sauf moi n'avait remarquée.

— Où trouve-t-il ses répliques, Edna? On croirait un mélodrame d'autrefois.

— Je sais. Tante Edna avait l'air contrariée. Mais laisse-moi le dire moi-même, d'accord?

— Désolé. Sincèrement. Écoute, tu ne pourrais même pas...

Bruits de bagarre, puis murmure nerveux de ma tante.

— Pas ici, Jimmy. Je t'en prie. Tu ne comprends pas ce qu'ils sont...

— Je comprends, d'accord. Pourquoi diable es-tu restée, Edna? Tu ne vas donc pas revenir? C'est ce que je veux savoir.

— Sans emploi? Ne me fais pas rire.

— Je pourrais t'aider, au moins au début.

— Jimmy, ne parle pas comme un fou. Tu crois vraiment que je pourrais?

— Bon sang, sans doute que non. Allons, regarde les choses sous cet angle. Et si après tout je n'étais pas fait pour la vie sans entraves? Et si le vieux célibataire se convertissait? Qu'est-ce que tu en dirais?

Une pause, comme si tante Edna ruminait ce qu'il venait de dire.

— Ce jour-là, on pourra pavoiser. Je le croirai quand je le verrai.

— Bon Dieu, madame, je ne vais pas me mettre à genoux. Dis-moi quand même une chose. Je ne te manque pas du tout? Est-ce que, enfin…, tout ça ne te manque pas? Allons, réponds. Pas même un tout petit peu?

Autre silence. Elle semblait incapable de décider comment réagir aux inflexions taquines de sa voix.

— Ouais, je ne ferme pas l'œil de la nuit, dit-elle enfin d'un ton sarcastique.

Il se mit à rire.

— Toujours la même Edna. Tu veux que je te dise une chose, mon chou? Je pense que tu as peur.

— Peur? dit-elle avec mépris. Moi? Quand les poules auront des dents.

Je passais mon temps à écouter des conversations que je n'étais pas censée entendre, mais brusquement, pour la première fois de ma vie, je fus écœurée de ce que je faisais. Je quittai mon poste d'écoute et gagnai sur la pointe des pieds la chambre de tante Edna. Je me demandais si un jour je serais la personne qui parlerait, pendant qu'un autre enfant écouterait. Cette pensée me donna un frisson désagréable. J'essayai le rouge à lèvres et à joues de tante Edna, mais le cœur n'y était pas.

Quand je redescendis, Jimmy Lorrimer était en train de partir. Tante Edna monta dans sa chambre et ferma la porte. Un moment après, elle sortit et me demanda si je voulais bien dormir dans la chambre d'amis après tout pour cette nuit-là, et c'est ce que je fis.

Je me réveillai au milieu de la nuit. Je me dressai, me sentant perdue parce que je n'étais pas dans mon lit à la maison. Je vis par la fenêtre une lumière qui dansait dans la neige. Je me levai et regardai dehors : c'était une aurore boréale tournoyant au zénith comme un éclair qui ne serait jamais descendu jusqu'au sol. Le jardin de la Maison de brique semblait immense, un désert blanc, et les balafres de lumière pâle soulignaient les cavernes et les creux que le vent avait sculptés dans la neige.

Incapable de supporter la solitude une seconde de plus, je partis pieds nus dans le couloir. De la chambre de grand-père sortaient des ronflements grincheux ; de celle de grand mère, aucun son ne venait. Je m'arrêtai derrière la porte de tante Edna. Je pensais qu'elle ne m'en voudrait pas si j'entrais doucement pour ne pas la déranger et me glissais à côté d'elle. Peut-être même qu'elle se réveillerait et dirait : « Ça va, mon chou. Ton papa a téléphoné une fois que tu dormais. Ils sont bien rentrés de Freehold. »

C'est alors que j'entendis sa voix et ses sanglots étouffés, et le nom qu'elle prononçait, comme si, même chuchoté, il la déchirait.

Comme un lutin terrifié, je volai jusqu'à ma chambre et bondis dans mon lit. Je ne souhaitais qu'une chose : oublier que j'avais entendu, mais je savais que je ne pourrais pas oublier. Alors surgit dans mon esprit, mystérieusement, l'image d'une reine barbare qui avait vécu il y a bien longtemps. Je n'arrivais pas à concilier cette image avec le visage familier, ni à les dissocier. Je pensais à ma tante, à son rire vigoureux, à la façon dont elle abattait les tâches domestiques, à ses mains et à ses pieds dont elle se moquait régulièrement, parce qu'elle les trouvait lourdauds. Je pensais à l'histoire que j'avais commencée dans mon cahier. Je voulais rentrer à la maison, vite, pour pouvoir le jeter.

Lorsque grand-mère Connor était malade, le seul médecin qu'elle acceptait de voir était mon père. Elle ne croyait pas à la chirurgie, car elle pensait que c'était intervenir contre la volonté divine, et elle avait toujours peur que le docteur Cates ne l'opère sans son consentement. Elle faisait implicitement confiance à mon père, et quand il entrait dans la chambre où elle reposait, calée sur ses oreillers, elle disait : « Voilà Ewen. Maintenant, tout ira bien », ce qui touchait mon père tout en l'inquiétant. « J'espère que vous ne vous raccrochez pas à une branche cassée », répondait-il.

Vers la fin de cet hiver-là, elle tomba à nouveau malade. Elle n'alla pas à l'hôpital : ma mère, qui avait été infirmière, s'installa à la Maison de brique pour s'occuper d'elle. Mon frère et moi fûmes confiés à la garde inflexible de grand-mère MacLeod. Sans ma mère, la maison ressemblait à un musée, plein d'objets morts et dénués de sens, vases, tableaux au cadre doré, meubles menaçants qu'il fallait épousseter et entretenir un par un, pour des raisons oubliées de tous. Je n'avais pas le droit de voir grand-mère Connor, mais chaque jour, après l'école, j'allais voir ma mère à la Maison de brique.

Je demandais toujours avec impatience : « Quand est-ce que grand-mère va guérir ? » et ma mère répondait : « Je ne sais pas, ma chérie. Bientôt, j'espère. » Mais elle n'avait pas l'air très convaincue, et j'imaginais une succession de semaines de plomb, sans ma mère, avec ma grand-mère MacLeod passant la tête dans ma chambre tous les matins et me disant de ne pas oublier de faire mon lit parce qu'une chambre en désordre est le signe d'un esprit en désordre.

Mais les semaines ne passèrent pas ainsi. Un après-midi, en arrivant à la Maison de brique, je trouvai grand-père Connor debout sur la galerie. Je fus stupéfaite parce qu'il ne portait pas son grand manteau d'ours. Il ne portait pas de manteau du tout, rien que son costume de serge élimé, alors qu'il faisait moins vingt. Le vent avait soufflé la neige jusque sur la galerie où elle formait de petits amoncellements. Il était là tout seul, ses cheveux d'un blond jaunâtre ébouriffés par un vent qu'il ne semblait pas sentir, son visage anguleux et encore beau affrontant directement l'hiver. Il me regardait avancer péniblement dans l'allée et l'escalier.

— Vanessa, ta grand-mère est morte, dit-il.

Puis, tandis que je le regardais fixement, incapable de comprendre le sens de ce qu'il venait de dire, il fit une chose terrifiante. Il me serra dans ses bras comme dans un étau. Il se pencha vers moi et se mit à sangloter contre la peau glacée de mon visage.

Je n'avais qu'un désir : m'échapper, partir le plus loin possible et ne jamais revenir.

J'avais une envie désespérée de voir ma mère, mais il me semblait que je ne pouvais pas entrer dans la maison, que je ne pourrais plus jamais y pénétrer. Puis ma mère ouvrit la porte et resta dans l'embrasure, son corps frêle parcouru de frissons. Grand-père me relâcha, se redressa et redevint le visage sculpté que j'avais vu en approchant de la maison.

— Père, rentrez, je vous en prie.

— Tout à l'heure, Beth, répondit-il d'une voix atone. Ne t'occupe pas de moi.

Ma mère me tendit les bras et je courus vers elle. Elle ferma la porte et me conduisit dans le salon. Nous pleurâmes toutes les deux, et pourtant je crois que je pleurais surtout parce qu'elle pleurait et parce que j'avais été bouleversée par mon grand-père. Je ne pouvais toujours pas croire que quelqu'un que j'aimais puisse vraiment mourir.

Tante Edna entra dans le salon. Elle hésita, le regard tourné vers ma mère et moi. Puis elle fit demi-tour et repartit en trébuchant vers la cuisine. Les mains de ma mère firent des mouvements hésitants et elle se leva à moitié du canapé, puis elle me serra étroitement contre elle à nouveau.

— C'est pire pour Edna, dit-elle. Moi, j'ai toi, Roddie, ton papa.

Je ne me rendais pas vraiment compte encore que grand-mère Connor n'animerait plus jamais cette maison, préservant on ne sait comment sa paix précaire. Pourtant, je compris immédiatement ce que serait la vie pour tante Edna, sans elle, seule dans la

Maison de brique avec grand-père Connor. Je n'imaginais pas du tout que la mort serait ainsi, pas seulement son propre chagrin mais la conscience presque insupportable de la douleur d'autrui, que l'on ne pouvait ni atteindre, ni adoucir.

Ma mère et moi retournâmes à la cuisine et nous nous assîmes toutes les trois autour de la table couverte de toile cirée; nous parlions à peine, mais chacune avait besoin au moins de la présence de l'autre. Nous entendîmes la porte s'ouvrir et grand-père Connor rentra dans la maison. Il ne vint pas dans la cuisine, cependant. Il se dirigea, comme instinctivement, vers son vieil antre. Nous l'entendîmes descendre lourdement les marches du sous-sol.

— Edna, est-ce qu'on devrait lui demander s'il veut venir prendre un thé? dit ma mère. Ça me fait trop mal de le voir partir comme ça, aller là…

Le visage de tante Edna se durcit.

— Je ne veux pas le voir, Beth, répondit-elle avec effort. Je ne peux pas. Pas encore. Je ne pourrais penser qu'à la façon dont il se conduisait avec elle.

— Je sais, ma chérie, dit ma mère. Mais tu ne dois pas y penser maintenant.

— Le soir où Jimmy est venu, elle a demandé à père d'être aimable, pour l'amour d'elle. Pour l'amour d'elle, Beth. Au nom de tant d'années, si elles avaient le moindre prix. Mais même ça, il n'a pas pu le faire. Pas même ça.

Puis elle posa la tête sur la table et pleura comme je n'avais jamais entendu pleurer, comme si ces pleurs ne devaient jamais avoir de fin.

On ne me permit pas d'assister à l'enterrement de grand-mère Connor et j'en fus profondément reconnaissante, car l'idée d'y aller me terrorisait. Le jour de l'enterrement, je restai seule dans la Maison de brique, attendant le retour de la famille. Mon oncle Terence, qui habitait à Toronto, était le seul à venir de ceux qui n'étaient pas sur place. Oncle Will vivait en Floride et tante Florence était en Angleterre, tous deux trop loin. Tante Edna et ma mère critiquaient toujours oncle Terence tout en lui trouvant des excuses. Il buvait trop – c'était un des nombreux secrets de famille que je n'étais pas censée connaître. Je l'aimais pour la même raison que j'aimais le frère maquignon de grand-père, mon grand-oncle Dan : parce qu'il était enjoué et avait la réputation d'être un mauvais sujet.

Je restai assise dans la salle à manger à côté de la cage dorée de l'oiseau. La veille, tante Edna, en nettoyant, avait dit : « Que diable allons-nous faire du canari ? On trouvera peut-être quelqu'un qui en voudra. »

Le sang de grand-père Connor n'avait fait qu'un tour : « Edna, ta mère aimait cet oiseau, alors il reste ici, tu m'entends ? »

Quand ma mère et tante Edna étaient montées fumer une cigarette, tante Edna avait dit :

— Eh bien, c'est chouette qu'il soit si entiché de l'oiseau maintenant. Il aurait pu y penser un peu plus tôt, si tu veux mon avis.

— Essaie d'être patiente avec lui. Il se dit la même chose.

— Sans doute, dit tante Edna avec découragement. Je n'ai pas la patience de maman, c'est tout. Pas envers lui, ni envers aucun homme.

Et je m'étais alors souvenue d'un entrefilet que j'avais lu peu de temps avant dans le *Free Press* de Winnipeg, à la rubrique du carnet mondain. On annonçait le mariage de James Reilly Lorrimer avec Mlle Chose ou Machin. Je m'étais précipitée vers ma mère avec le journal, et elle avait dit : « Je sais, Vanessa. Elle aussi. Alors, pas d'allusion, d'accord ? »

Le canari, comme d'habitude, n'était pas d'humeur musicienne et je restais assise à côté de la cage, morne, indifférente, n'essayant même pas de l'inciter à chanter. Je me demandai si grand-mère Connor était en ce moment même au ciel, cet endroit incertain.

— Elle avait la foi, Edna, avait dit ma mère, sur la défensive. Quel droit avons-nous de dire qu'elle se trompait ?

— Oh, je sais, avait répondu tante Edna. Mais tu peux vraiment gober tout ça ?

— Non, pas vraiment. Mais on a l'impression, avec quelqu'un comme elle… ce serait trop affreux si ce n'était pas vrai, après qu'elle y ait cru si longtemps.

— Elle ne s'en rendrait pas compte, avait fait remarquer tante Edna.

— C'est ce que je ne peux pas accepter, avait dit lentement ma mère. J'ai toujours l'impression qu'elle doit être quelque part.

Je voulais maintenant célébrer mon propre service funèbre pour ma grand-mère, en présence du seul canari. J'allai à la bibliothèque où elle rangeait sa Bible, et cherchai *l'Ecclésiaste*. J'avais l'intention de lire le passage sur le cortège de deuil parcourant les rues, la chaîne d'argent rompue et le bol d'or brisé, et la poussière retournant à la terre dont elle venait, et l'esprit retournant vers Dieu son créateur. Mais je ne pus aller plus loin que les premiers versets : il me semblait – ce qui m'effraya – qu'ils étaient prononcés par la douce voix de ma grand-mère : *« Souvenez-vous de votre Créateur pendant les jours de votre jeunesse, avant que ne soit venu le temps de l'affliction. »*

Puis, j'entendis le fracas des portes qu'on ouvrait. La famille revenait de l'enterrement. Tandis qu'ils retiraient leurs manteaux, je refermai vivement la Bible et la remis en place dans la bibliothèque sans que personne n'ait rien remarqué.

Grand-Père Connor vint vers moi et me mit les mains sur les épaules ; il me fallut endurer son contact.

— Vanessa, dit-il avec brusquerie, et à l'époque je n'avais pas idée de ce que cela lui coûtait de parler. C'était un ange. Ne l'oublie jamais.

Puis il descendit au sous-sol, tout seul. Personne n'essaya de le suivre ou de lui demander de venir nous rejoindre. Même moi, dans la confusion de l'enfance, je me rendais compte que c'était absolument impossible. Il était, d'une certaine façon, intouchable. Quel que fût son chagrin, il ne voulait pas que nous en soyons témoins et nous ne voulions pas davantage en être témoins.

Oncle Terence alla droit à la cuisine, sortit une flasque de sa poche et se versa une bonne dose de whisky. Il en servit également à ma mère, à mon père et à tante Edna.

— Seigneur, dit tante Edna avec un soupir, ce que j'en avais besoin. Tout de même, je crois qu'on ne devrait pas, tout de suite après. Quand on sait ce qu'elle en pensait… Et si père remontait?

— Il est temps que tu cesses de penser ainsi, Edna, dit oncle Terence.

Tante Edna chercha une cigarette dans son sac. Ses mains tremblaient. Oncle Terence se pencha pour lui donner du feu.

— À qui le dis-tu! répondit-elle.

Oncle Terence me jeta un regard perplexe mais résigné, et je compris que ma présence leur imposait une contrainte. Quand mon père dit qu'il devait retourner à l'hôpital, je profitai de son départ pour m'éclipser et gagner mon vieux poste d'écoute, le trou de l'ancien tuyau de poêle. J'avais passé l'âge d'espionner sans remords, mais je me justifiai en l'occurrence par le fait que j'avais quitté de moi-même la cuisine, sachant qu'ils ne m'auraient pas dit de sortir, pas ce jour-là.

— Un ange, dit tante Edna avec amertume. Vous avez entendu ce qu'il a dit à Vanessa?

Dommage qu'il n'en ait pas dit autant à maman une ou deux fois dans sa vie, vous ne trouvez pas?

— Elle savait comme il l'admirait, dit ma mère.

— Vraiment? dit tante Edna. Je ne crois pas qu'elle ait jamais rien su de ses sentiments pour elle. Je crois que je ne m'en rendais pas compte moi-même avant de voir comme sa mort l'a ravagé.

— C'est affreux de dire ça, s'écria ma mère. Bien sûr qu'elle savait!

— Comment aurait-elle pu savoir, insista tante Edna, s'il ne se livrait jamais?

— Qu'est-ce qui te permet de dire ça? rétorqua ma mère. Quand ils étaient seuls…

— Je ne peux pas savoir, bien sûr. Mais j'ai mon idée là-dessus.

— Savais-tu, Beth, demanda oncle Terence en se versant un autre whisky, qu'un jour elle a failli le quitter? C'était avant ta naissance, Edna.

— Non, dit ma mère, incrédule. C'est impossible.

— Hé si! C'est tante Mattie qui me l'a dit. Apparemment père avait une liaison avec une fille de Winnipeg, et mère s'en est aperçue. Elle ne lui a jamais dit qu'elle avait failli le quitter. Elle en a parlé exclusivement à Dieu et à tante Mattie. À eux trois, ils ont débrouillé le problème, je suppose. Dommage qu'elle ne le lui ait jamais dit. Cela l'aurait sûrement soulagé de voir qu'elle n'était pas exclusivement pétrie de calme et de clémence.

— Comment a-t-il pu? dit ma mère à voix basse. Oh, Terence, comment a-t-il pu faire ça? À maman, surtout.

— Tu veux savoir quelque chose, Beth? dit oncle Terence. Je crois qu'il pensait honnêtement ce qu'il a dit, qu'elle était un ange. Elle ne se serait jamais vue comme ça, alors il ne lui est probablement jamais venu à l'esprit que c'est ainsi qu'il la voyait. Mais je crois que depuis le début, il pensait qu'elle était bien trop bonne pour lui. Tu te vois aller au lit avec un ange, ma cocotte? C'est tout simplement impensable.

— Terence, tu es ivre, coupa ma mère. Comme d'habitude.

— Peut-être, admit-il. Puis il éclata. Je pense seulement, Beth, que quelqu'un aurait pu dire à Vanessa, tout à l'heure: « Écoute, mon petit, elle était merveilleuse, et nous l'admirions plus que tout au monde. Mais ne parlons pas d'ange, veux-tu? » Toute cette histoire d'ange nous entraîne vraiment sur un terrain dangereux.

— Je ne comprends pas comment tu peux dire des choses pareilles, dit ma mère, en se retenant de pleurer. Voilà que maintenant tout est de sa faute. Je ne comprends vraiment pas comment tu peux dire ça.

— Je ne dis pas que c'était de sa faute, dit oncle Terence d'une voix lasse. Ce n'est pas ce que je voulais dire. À croire, Beth, que tu me prends pour un imbécile. Je dis seulement que cela a pu être dur pour lui, c'est tout. Que savons-nous du fardeau qu'il a dû porter? Les vertus d'autrui, ça peut être lourd à supporter. Nous aimions tous maman. Qui l'aimait, lui? Qui diable aurait pu? Vous ne croyez pas qu'il le savait? Peut-être même pensait-il qu'il l'avait bien mérité.

— Oh, dit ma mère sombrement. C'est impossible. Ce serait… Oh, Terence, tu crois vraiment qu'il a pu avoir cette impression?

— Je ne le sais pas plus que toi, Beth. Je pense qu'il savait très bien qu'elle possédait quelque chose qui lui manquait, mais je suis prêt à parier qu'il a toujours imaginé que c'était la rigueur morale. Ce n'était pas ça. C'était… je pense que c'était la tendresse. Si injuste que tu sois avec lui, Edna, tu as vu juste sur un point. Je ne crois pas que maman ait jamais compris qu'il désirait sa tendresse. Pourquoi l'aurait-elle deviné? Il ne pouvait jamais témoigner la moindre tendresse lui-même. Tout ce qu'il était capable de manifester, c'était de la colère. Eh bien, chacun a son bouclier dans la famille. Le mien, je le porte dans ma poche. Je ne sais pas quel est le tien, Beth, mais celui d'Edna ressemble plus que vous ne croyez à celui de père.

— Ah oui, vraiment? dit tante Edna d'une voix soudain âpre. Et qu'est-ce que c'est, si on peut se permettre de demander?

— Les sarcasmes, ma cocotte, répondit doucement oncle Terence. Les sarcasmes, tout simplement.

Ils interrompirent leur conversation et je n'entendis plus que la respiration saccadée

de ma tante, sans que personne souffle mot.
Puis je l'entendis se moucher.

— Seigneur, je dois être laide comme les
sept péchés capitaux, dit-elle vivement. Je
parie que je n'ai plus un grain de poudre.
Tant pis, je réparerai ça plus tard. Et si on
mettait l'eau à chauffer, Beth? Je devrais
peut-être descendre lui proposer une tasse
de thé.

— Oui, dit ma mère. C'est une bonne idée.
Vas-y, Edna.

J'entendis ma tante descendre l'escalier du
sous-sol pour gagner l'antre solitaire de
grand-père Connor.

Bien des années après, quand Manawaka
fut bien loin de moi, dans le temps comme
dans l'espace, je vis un jour dans un musée
le masque de l'ours des Indiens Haida. C'était
un masque étrange. Ses traits étaient à la fois
laids et puissants. Les commissures étaient
abaissées dans une expression de rage maus-
sade. Les yeux étaient des cavernes vides,
qui ne révélaient rien. Pourtant, quand je les
regardais, ils semblaient attirer mes propres
yeux, au point que j'avais l'impression de
voir un regard que je connaissais, une
stupéfaction tapie dans l'ombre. Je me rappelai alors qu'avant de devenir un objet de
musée, le masque avait caché un homme.

UN OISEAU DANS LA MAISON

Le défilé devait être presque terminé, et je n'y étais pas allée. Ma mère m'avait dit d'une voix résignée : « C'est bien, Vanessa, si c'est ainsi que tu prends les choses », m'infligeant un sentiment de culpabilité deux fois plus aigu que si elle s'était mise en colère. Elle et grand-mère MacLeod s'étaient mises en route, ma mère tirant sur son traîneau Roddie bien emmitouflé dans sa combinaison rouge, exactement le genre d'enfant qu'on a envie de montrer aux gens. J'étais assise sur la branche la plus basse du bouleau, sans me soucier des rafales de neige, satisfaite même de ce châtiment. Je passais en revue mes raisons pour ne pas aller au défilé, essayant de me persuader qu'elles étaient bonnes et suffisantes, mais au fond de mon cœur, je savais que j'étais traître à mon père. C'était la première fois que je ne participais pas au défilé du Jour du Souvenir. Je me demandais s'il remarquerait que je n'étais pas là, debout sur le trottoir, au coin de River Street et de Main Street, pendant le passage du défilé, puis marchant à sa suite jusqu'au palais de justice où se déroulait la cérémonie.

Je voyais toute la scène comme si j'y étais. C'était la même chose chaque année. La fanfare municipale de Manawaka marchait en tête. Les musiciens n'avaient jamais pu s'offrir d'uniformes complets, mais ils arboraient des casquettes bleu marine et des écharpes bleu ciel en travers de la poitrine. Le Jour du Souvenir, la fanfare de l'Armée du Salut se joignait à eux ; leurs uniformes semblaient trop ordinaires pour une parade, car c'étaient ceux qu'ils portaient tous les samedis quand ils jouaient *Plus près de toi, mon Dieu* au bas de River Street. Les deux fanfares n'arrivaient jamais à répéter suffisamment ensemble, aussi ne jouaient-elles pas à l'unisson. La fanfare de l'Armée du Salut jouait immanquablement plus vite, et mon père disait ensuite avec irritation : « Ils jouent ces marches comme si c'étaient des hymnes, ils foncent à toute allure comme s'ils avaient peur de ne pas arriver au ciel. » Et ma mère, qui avait un grand respect pour l'Armée du Salut à cause de ses bonnes œuvres, le reprenait : « Voyons, Ewen, voyons. » Je me promettais de ne jamais dire : « Voyons, voyons » à mon mari ou à mes enfants. Non que j'aie l'intention d'avoir une progéniture, car j'en avais été dégoûtée par mon frère Roderick ; il avait maintenant deux ans, des cheveux ondulés, et tout le monde s'exclamait : « Quel beau petit garçon ! » J'avais douze ans, et il aurait fallu être fou pour dire de moi : « Quelle jolie petite fille ! » car j'avais la robuste charpente de mon grand-père Connor et des cheveux noirs et raides comme ceux d'une Blackfoot ou d'une Cree.

Derrière les fanfares marchaient les anciens combattants. À leur seule pensée, même de loin dans la retraite blanche et calme du bouleau, j'éprouvais un pénible sentiment de gêne. Je n'aurais peut-être pas été trop affectée si mon père n'avait pas défilé avec eux. Comment pouvait-il y aller ? Comment pouvait-il ne pas voir de quoi ils avaient l'air ? Il devait y avoir longtemps qu'ils n'étaient plus soldats, car ils ne savaient plus marcher au pas. Ils étaient vieux, c'était ça le problème. Mon père, qui frisait la quarantaine, était déjà assez ridicule, mais ce n'était rien à côté de Howard Tully, l'employé de la pharmacie, qui était gros, avec les cheveux complètement gris, ou de Stewart MacMurchie, qui se déplumait du haut du crâne. Ils me faisaient l'effet d'imposteurs, caricatures rondouillardes ou efflanquées des guerriers d'autrefois. Je les détestais presque de former ce défilé clopinant le long de Main Street. Au palais de justice, tout le monde chanterait : « Seigneur, Dieu des armées, restez avec nous, restez avec nous, que jamais nous n'oublions, que jamais nous n'oublions. » Will Matheson saisirait son vieux clairon et jouerait « La Sonnerie aux morts ». Puis ce serait fini ; tout le monde recommencerait à papoter et rentrerait chez soi.

Je sautai en bas du bouleau et courus vers la maison en faisant le plus de bruit possible.

J'suis un pauvre cow-boy solitaire
Loin d'sa famille et loin d'sa terre…

Je rentrai dans la maison et envoyai valser mes bottes. Je claquai la porte derrière moi en faisant tressauter les carreaux rubis et émeraude sertis dans les petits panneaux plombés. Je glissai exprès sur le tapis de l'entrée, qui se gondola et se roula en tas sur le parquet de chêne ciré. Je saisis la pomme de l'escalier, ronde comme une tête, et me balançai de droite à gauche sur la marche du bas.

J'ai pas d'père
Pour m'acheter mes habits
J'suis un pauvre hère…

C'est alors que mes épaules furent fermement saisies et secouées par une paire de mains blanches, vieilles et délicates, mais puissantes comme des serres.

— Où donc vous croyez-vous, mademoiselle? demanda grand-mère MacLeod, d'une voix absolument glaciale et tranchante comme le gel sur une vitre.

Je cédai à la pression de ses mains et un moment après elle les retira. Si on résistait, elle maintenait l'étreinte plus longtemps.

— Oh, je n'avais pas idée que vous étiez déjà rentrée.

— J'aurais pensé qu'un jour comme celui-ci, tu aurais pu faire preuve d'un peu de respect et de considération. Même si tu n'as pas voulu faire l'effort de te rendre assez présentable pour aller au défilé.

Je me rendis compte avec surprise que c'est à ce motif qu'elle attribuait mon absence. Je n'essayai pas de corriger son erreur. Le motif réel aurait été encore moins admissible.

— Je m'excuse, dis-je rapidement.

Dans certaines familles, on dit que *s'il vous plaît* est la formule magique. Mais chez nous, c'était *je m'excuse*.

— Ce n'est pas un jour facile, pour aucun d'entre nous, dit-elle.

Son plus jeune fils, mon oncle Roderick, avait été tué à la Grande Guerre. Quand mon père défilait, quand on chantait l'hymne, quand le clairon sonnait cet air d'une solitude insupportable et quand tous étaient figés dans une immobilité absolue, c'est à ce garçon qu'elle pensait. Je sentis l'énormité de mon offense.

— Grand-mère, je m'excuse.

— Tu l'as déjà dit.

Je ne pouvais pas lui expliquer que la fois d'avant, je ne m'étais pas vraiment excusée. J'allai dans le bureau et j'y trouvai mon père. Il était assis dans le fauteuil de cuir à côté de la cheminée. Il ne faisait rien, il se contentait de fumer. Je me plantai à côté de lui, avec l'envie de toucher les poils châtain clair de son bras, mais je pensai qu'il rirait ou retirerait son bras.

— Je m'excuse, dis-je avec sincérité. '

— De quoi, mon petit?

— De ne pas y être allée.

— Oh, ça. Qu'est-ce qui n'allait pas?

Je ne voulais pas qu'il sache, mais pourtant il fallait que je lui dise, qu'il comprenne.

— Ils ont l'air bête, à défiler comme ça, finis-je par dire.

Je crus, l'espace d'un moment, qu'il allait se mettre en colère. Cela m'aurait soulagée. Mais il détourna son regard et fixa le manteau de la cheminée où était suspendu le cimeterre, croissant élégant et maléfique dans son fourreau de bronze ciselé, qu'un ancêtre avait autrefois rapporté de la frontière nord des Indes.

— C'est comme ça que tu vois les choses?

Je sentis dans sa voix qu'il était blessé, par ma faute. J'avais envie de tout arranger entre nous, de le convaincre que je comprenais, même si ce n'était pas vrai. Je priai pour que grand-mère MacLeod reste dans sa chambre et pour que ma mère s'attarde dans la cuisine à faire manger Roddie. Je voulais mon père pour moi toute seule, afin de pouvoir lui prouver que c'était moi qui le chérissais le plus. Je voulais lui parler d'une façon plus poignante et plus compréhensive que ma mère n'en était capable. Mais je ne savais comment m'y prendre.

— Tu étais là quand oncle Roderick a été tué, n'est-ce pas? commençai-je de façon hésitante.

— Oui.

— Quel âge avait-il, papa?

— Dix-huit ans.

Subitement, ce jour-là se mit pour moi à exister intensément. Mon père avait dû assister à la mort de son frère, non dans le calme aseptisé d'un hôpital, mais en plein air, dans les étendues de boue que j'avais vues sur les photos. Il n'avait pas dû savoir quoi faire. Il lui avait fallu rester là, à regarder ça. Je contemplai mon père avec une sorte de révérence horrifiée et je me mis à pleurer. J'avais oublié mon désir de l'impressionner par mon intuition. Maintenant, c'est moi qui avais besoin de lui pour me consoler de ce désastreux aperçu de la souffrance qu'il avait connue.

— Arrête, mon chat, dit-il, embarrassé. C'était dur, mais tout n'était pas aussi dur que ce moment-là. Il y a eu aussi d'autres choses.

— Comme quoi? dis-je, incrédule.

— Oh, je ne sais pas, répondit-il évasivement. Nous étions pour la plupart très jeunes, tu sais, moi et les garçons avec qui je m'étais engagé. Aucun de nous n'avait jamais quitté Manawaka. Ceux d'entre nous qui sont revenus sont en général rentrés ici, ou ne sont pas allés plus loin que Winnipeg. Alors, quand nous sommes partis en Europe, pour la plupart d'entre nous, cela a été la seule fois où nous avons jamais été loin de chez nous.

— Tu avais envie d'être loin de chez toi? demandai je, choquée.

— Oh, dit mon père, gêné. C'était intéressant de voir d'autres coins pour changer, c'est tout.

Grand-mère MacLeod était dans l'embrasure de la porte.

— Beth t'a déjà appelé deux fois pour le déjeuner, Ewen. Vous êtes sourds, Vanessa et toi?

— Je m'excuse.

Mon père et moi avions répondu en même temps.

Puis nous montâmes nous laver les mains.

Cet hiver-là, ma mère reprit son ancien métier d'infirmière pour aider mon père auprès de sa clientèle. Elle ne put le faire que grâce à Noreen.

— Grand-mère MacLeod dit que nous allons avoir une femme de chambre, dis-je un matin à mon père, sur un ton accusateur. C'est vrai?

— Crois-moi, avec ce qu'on va la payer, grogna mon père, on ne peut pas lui donner un nom aussi chic que femme de chambre. Bonne à tout faire serait plus exact.

— Voyons, voyons, Ewen, intervint ma mère, ce n'est pas comme si on l'exploitait. Tu sais qu'elle veut vivre en ville, et je comprends pourquoi, coincée à la ferme avec un père qui la laisse à peine sortir. Ce n'est pas une vie pour une jeune fille!

— Je ne suis pas chaud pour que tu reprennes le travail, Beth. Je sais que tu vas bien maintenant, mais tu n'es pas précisément du genre robuste.

— Tu ne peux pas te permettre de payer une infirmière plus longtemps. C'est très joli de dire que la Dépression ne durera pas toujours. C'est probablement vrai, mais qu'est-ce qu'on fait en attendant?

— Du diable si je le sais, reconnut mon père. Beth...

— Oui?

Ils semblaient tous deux avoir oublié ma présence. C'était le matin, au petit déjeuner, que nous prenions toujours dans la cuisine, et j'étais assise raide sur ma chaise, feignant en représailles de ne pas voir qu'ils ne s'occupaient pas de moi. J'essayai de regarder par la fenêtre, mais le givre y avait dessiné des fleurs et des volutes si denses qu'on ne voyait pas dehors. Je ramenai mon regard sur mes parents. Mon père n'avait pas répondu et ma mère le regardait avec cet air anxieux et presque désapprobateur qu'elle avait depuis peu.

— Qu'est-ce qu'il y a, Ewen? Il y avait dans sa voix la même nervosité que lorsqu'elle me disait : « Par pitié, Vanessa, qu'est-ce qu'il y a *maintenant*? », comme si, quelle que soit ma réponse, ce devait être la goutte qui ferait déborder le vase.

Mon père lança son rond de serviette d'argent, gravé à ses initiales, et le fit lentement rouler autour de la table.

— Je n'aurais jamais pensé que les choses tourneraient ainsi. Et toi?

— S'il te plaît... dit ma mère d'une voix basse et tendue, s'il te plaît, Ewen, ne recommençons pas. Je ne peux pas le supporter.

— C'est bon, dit mon père. Mais...

Les MacLeod avaient de l'argent et maintenant ils n'en ont plus, s'écria ma mère. Eh bien, ils ne sont pas les seuls. Est-ce que tu crois que ça me fait quelque chose? Ce que je ne supporte pas, c'est de te voir toujours en train de te faire des reproches. Comme si c'était de ta faute.

— Je ne pense pas que ce soit la dégringolade, dit mon père. Si j'étais ailleurs, je crois que ça ne me ferait rien non plus, sauf pour toi. Mais où que tu sois, je suis sûr que tu travaillerais trop dur. Tu as ça dans le sang. Si tu n'as rien sur quoi t'escrimer jusqu'à épuisement, il faut que tu inventes quelque chose.

— Et qu'est-ce que je devrais faire à ton avis, laisser la maison aller à vau-l'eau? Ça serait sûrement du goût de ta mère, n'est-ce pas?

— Nous y voilà. On en revient tout le temps à cette fichue maison. Je n'ai pas seulement hérité de la maison de mon père, j'ai hérité de tout ce qui va avec, apparemment. Quelquefois je me demande vraiment…

— C'est une bonne chose que j'aie hérité d'un peu de sens pratique, même si ce n'est pas ton cas. Il faut reconnaître cela aux Connor, ils ne sont pas enclins à broyer du noir, Dieu merci. Tu veux ton œuf poché ou brouillé?

— Brouillé. J'espère seulement que cette Noreen ne va pas se marier immédiatement, c'est tout.

— Mais non, dit ma mère. Qui pourrait-elle rencontrer qui ait assez d'argent pour se marier?

— Tu me sidères, Beth. On a l'impression que le moindre souffle t'emporterait, mais en dessous tu es d'acier.

— Ne dis pas de bêtises, dit ma mère. J'espère seulement qu'elle ne verra pas d'objection à monter le petit déjeuner de ta mère sur un plateau.

— C'est ça, dit mon père avec colère. Enfonce le clou.

— Oh, Ewen, je suis désolée, s'écria ma mère, l'air soudain blessée. Je ne sais pas pourquoi je dis ces choses. Ça m'a échappé.

— Je sais. Allons, arrête, ma chérie. Pour l'amour du Ciel, ne pleure pas, je t'en prie.

— Je suis désolée, répéta ma mère en se mouchant.

— Nous sommes tous les deux désolés, dit mon père. Non que ça change quoi que ce soit.

Quand mon père fut parti, je quittai ma chaise et allai vers ma mère.

— Je ne veux pas que tu retournes travailler. Je ne veux pas de bonne ici. Je la détesterai.

Ma mère soupira, me faisant sentir que je l'accablais d'un fardeau intolérable ; en même temps, je lui en voulais de me faire sentir ce poids. Elle avait l'air fatiguée, comme souvent à cette époque. Sa fatigue m'ennuyait, me donnait envie de l'agresser.

— Tu peux courir pour que j'obéisse à une imbécile de bonne.

— Fais comme tu veux, dit sèchement ma mère. Qu'est-ce que je peux y faire ?

Et, alors, bien sûr, je me sentis abandonnée, complètement désemparée.

Mon père n'aurait pas dû se tracasser à l'idée que Noreen puisse se marier. Il s'avéra qu'elle s'intéressait non aux garçons mais à Dieu. Ma mère était soulagée à propos des garçons mais un peu inquiète à propos de Dieu.

— Ce n'est pas naturel pour une fille de dix-sept ans. Tu crois qu'elle a toute sa tête, Ewen?

Quand, le dimanche, mes parents allaient à l'Église unie, on m'envoyait à l'école du dimanche dans le sous-sol de l'église, où il y avait des petites chaises rouges qui présentaient une ressemblance humiliante avec des meubles de maternelle et des images de Jésus vêtu d'un drap blanc, entouré d'une foule d'enfants bien habillés auxquels leur mère n'aurait visiblement pas permis d'aller vers lui sans s'être bien récuré la figure et les oreilles. Notre pratique religieuse comprenait également la récitation du bénédicité. « Pour ce repas que nous allons prendre, que le Seigneur nous rende sincèrement reconnaissants. Amen. » Mon père marmonnait cette formule à une telle vitesse qu'on aurait cru un seul long mot. Ma mère approuvait ces rites, qui lui semblaient convenables et modérés. Mais la religion de Noreen, c'était une autre histoire. Noreen appartenait au Tabernacle de la Seconde Naissance, et elle s'était levée pour témoigner[1] pas moins de sept fois en deux ans, nous confia-t-elle. Ma mère, qui ne pouvait pas imaginer qu'on se donne ainsi volontairement en spectacle, fut profondément choquée par cette révélation.

— Ne t'en fais pas, dit mon père pour l'apaiser. Elle est tout à fait normale. Elle a simplement eu une vie ennuyeuse, c'est tout.

---

1. Les Églises dites de « professants » (mennonites, baptistes, par exemple) regroupent des chrétiens *born again,* c'est-à-dire « nés de nouveau ». Visité par une illumination divine, le fidèle se lève au milieu de la cérémonie pour témoigner de cette grâce.

Ma mère haussa les épaules et continua à se tracasser et à essayer d'aider Noreen sans la blesser. Elle faisait des remarques pleines de tact sur la nécessité de moduler sa voix quand on chantait des hymnes, sur le fait qu'il y avait beaucoup d'eau chaude et qu'il ne fallait pas que Noreen se gêne pour prendre un bain. Elle acheta même un rasoir et un paquet de lames et souffla à Noreen qu'une fille si portée sur les chemisiers transparents voudrait probablement se raser sous les bras. Aucune de ces suggestions n'eut le moindre effet sur Noreen. Elle continua de claironner des hymnes à tue-tête, de prendre un bain tous les quinze jours, et les poils roux ne cessaient de fleurir comme un buisson de castilléjie écarlate sous ses aisselles.

Grand-mère MacLeod refusait de parler à Noreen. Cela la plongea dans une certaine perplexité, jusqu'à ce qu'elle trouve finalement une explication.

— Ta pauvre grand-mère. Elle est sourde comme un pot. Ces épreuves nous sont imposées sur terre, Vanessa. Mais si elle parvient au ciel, j'te parie qu'elle entendra parfaitement.

Noreen et moi parlions beaucoup du ciel, et aussi de l'enfer. Noreen avait une connaissance intime et détaillée de l'un comme de l'autre. Sa science incluait non seulement leur aspect mais leur superficie. Le ciel mesurait soixante-dix-sept milles carrés et avait quatre portes, chacune faite d'une pierre précieuse différente. La porte de Perle, la porte de Topaze, la porte d'Améthyste, la porte de Rubis : Noreen les récitait toutes, les portes du ciel. Je lui dis que cela ressemblait à de la poésie, mais ma réaction la déconcerta et elle répondit que je ne devais pas parler ainsi. Car si on disait poésie, on donnait l'impression que c'était une histoire inventée, et ce n'était pas le cas.

L'enfer était plus grand que le ciel, et quand je demandai pourquoi, considérant que c'était une erreur de Dieu, Noreen dit que, bien sûr, il fallait que ce soit plus grand parce qu'il contenait bien plus de gens que le ciel. L'enfer mesurait cent quatre-vingt-dix millions de milles de profondeur et était plongé dans des ténèbres perpétuelles, comme une caverne ou les fonds sous-marins. Même les flammes (c'était cela le pire) *n'éclairaient pas.*

Je ne croyais pas vraiment aux doctrines de Noreen, mais les images qu'elles évoquaient commençaient à pénétrer mon imagination. Ses connaissances exotiques ne se limitaient pas à la religion, même si, d'une certaine façon, elles s'y rattachaient toujours. Elle pouvait se livrer à bien des activités qui sentaient vaguement le soufre. Un jour où nous faisions des gâteaux, nous nous trouvâmes à court d'œufs. Elle alla dehors ramasser un bol de neige fraîche qu'elle utilisa à la place. Le gâteau leva comme un charme, et je la dévisageai comme si elle était sorcière. En fait, je commençai à la prendre pour une sorcière, quelqu'un pas tout à fait de ce monde. Il n'y avait rien de sinistre dans ses épaules et ses hanches larges ni dans sa toison roux sombre, mais même ces caractéristiques prenaient à mes yeux un sens légèrement menaçant. Je ne la voyais plus à travers les yeux et l'opinion de mon père et de ma mère, comme une fille qui avait quitté l'école en huitième année et dont la vie à la ferme avait été mortellement ennuyeuse. Je savais la vérité : la vie de Noreen n'avait pas été du tout ennuyeuse, car elle vivait dans un monde de splendeurs violentes, habité par des anges dont les ailes délicatement lumineuses portaient de vraies plumes, des saints étincelants comme l'aurore, des prophètes parlant des langues anciennes, et par les âmes extatiques des sauvés. Il y avait aussi les hôtes des régions inférieures : démons aux yeux mauvais, monstres difformes aux sabots fourchus, bêtes au corps de porc et à tête de meurtrier, et ravissantes courtisanes dépravées que déchiraient des chiens pour l'éternité entière. La zone intermédiaire de la création, notre terre, était également peuplée d'êtres grotesques, car Noreen croyait fermement aux visites de fantômes et à la communication avec les esprits. Elle pouvait le prouver avec son oui-ja[2]. Nous posions

---

2. Instrument imaginé par les spirites pour communiquer avec les esprits. Il est constitué d'un tableau sur lequel sont dessinées les lettres de l'alphabet et d'une planchette à roulettes munie d'un index qui se déplace sur le tableau. Animée par l'esprit, la main du médium pousse la planchette qui s'arrête sur une lettre, constituant ainsi lettre à lettre un mot ou une phrase.

délicatement les doigts sur l'indicateur, et il parcourait la tablette en indiquant les réponses à nos questions. Je ne croyais pas dur comme fer au oui-ja non plus, mais je me méfiais du genre de question que je posais, au cas où la réponse serait défavorable et où je ne pourrais pas l'oublier.

Un jour, Noreen me dit qu'elle pouvait aussi faire parler les tables. Nous nous servîmes de la petite table de ma chambre, et de fait, elle se souleva légèrement sous nos doigts et frappa une fois pour oui et deux fois pour non. Noreen demanda si sa tante Ruthie se remettrait après son opération des reins et la table répondit non. Je retirai mes mains.

— Je ne veux pas continuer.

— Mais qu'est-ce qui se passe, Vanessa ? Le visage placide et sans grâce de Noreen se renfrogna. On vient juste de commencer.

— Il faut que je fasse mes devoirs.

Je sentis mon cœur battre en disant cela. J'étais sûre que Noreen saurait que je mentais, et qu'elle le saurait par des moyens qui ne seraient pas naturels. Mais son attention avait été détournée par autre chose et j'en fus soulagée, du moins jusqu'à ce que j'aie vu ce que c'était.

La fenêtre de ma chambre n'était pas ouverte pendant les grands froids. La double fenêtre, qu'on installait de l'extérieur comme protection supplémentaire contre l'hiver, avait le cadre percé de trois petits trous pour laisser pénétrer un peu d'air frais dans la maison. Le moineau devait s'être débattu dans la neige fraîche du toit, car il avait glissé à travers un de ces trous et se trouvait maintenant coincé entre les deux vitres. Je ne pus supporter la panique de l'oiseau pris au piège, et avant de comprendre ce que je faisais, j'avais ouvert la fenêtre de ma chambre. Je me rendis compte que ce faisant je n'avais pas amélioré la situation de l'oiseau, car au lieu de rester tranquille et de nous laisser l'attraper pour le remettre en liberté, il se mit à voler dans tous les sens, bousculant l'abat-jour, se heurtant aux murs, battant des ailes de plus en plus vite.

J'étais pétrifiée. J'avais l'impression que je m'évanouirais si ces ailes palpitantes me touchaient. Il y avait quelque chose dans les mouvements absurdes de l'oiseau qui me rendait folle. Je pensai aussi qu'il allait se blesser, casser peut-être un des os fragiles de ses ailes ; je le voyais déjà sur le sol, à l'agonie, comme les oisillons horriblement nus et boutonneux que nous voyions quelquefois sur les trottoirs, au printemps, tombés du nid. Je ne me souciais plus du moineau. Je n'avais qu'un désir : ne pas le voir gisant sur le sol, les os brisés. Méchamment, je pensai que si Noreen disait : « Dieu voit tomber le petit moineau[3] », je lui enverrais un coup de pied dans les tibias. Mais ce ne furent pas les paroles qu'elle prononça.

---

3. Paroles d'un cantique populaire :
Dieu voit tomber le petit moineau
Il n'échappe pas à son tendre regard
Si Dieu aime tant un petit oiseau
Je sais qu'il m'aime moi aussi.

— Un oiseau dans la maison est signe de mort dans la maison, remarqua-t-elle.

Bouleversée, j'arrachai mon regard des ailes tourbillonnantes et le tournai vers Noreen.

— Quoi?

— C'est ce que j'ai entendu dire, en tout cas.

Le moineau était à bout de force. Il gisait sur le sol, épuisé et tremblant. Je ne pouvais prendre sur moi de le toucher. Noreen se pencha et le ramassa. Elle le prit tout doucement au creux de ses mains. Puis nous le descendîmes, et quand j'eus ouvert la porte, Noreen rendit la liberté à l'oiseau.

— Pauvre petit bout de chou, dit-elle, et je me sentis percée au cœur, sachant qu'elle avait constamment été préoccupée du sort du moineau alors que moi, perfidement, dans le chaos du moment, je ne m'étais souciée que de moi.

— Ça t'dirait de faire du oui-ja, Vanessa?

Je frissonnai un peu, peut-être à cause de l'air froid qui s'était engouffré dans la cuisine quand nous avions ouvert la porte.

— Non merci, Noreen. Comme je t'ai dit, j'ai mes devoirs à faire. Mais merci quand même.

— Je t'en prie, dit Noreen de sa voix candide. À ta disposition quand ça te dira…

Mais chaque fois qu'elle mentionnait à nouveau le oui-ja ou la table tournante, je trouvai une excuse pour ne pas consulter ces oracles.

— Tu veux venir à l'église avec moi ce soir, Vanessa? demanda mon père.

— Comment ça se fait que tu ailles à l'office du soir?

— Nous ne sommes pas allés à l'église ce matin. Rappelle-toi, on a fait une promenade en raquettes à la place. Je crois que ta grand-mère était un peu contrariée. Elle y est allée seule ce matin. Ça ne nous ferait pas de mal d'y aller maintenant.

Nous marchâmes dans l'obscurité, le long des rues blanches; la neige craquait sèchement sous nos pas. Les réverbères étaient loin l'un de l'autre, et autour de chaque poteau le rond de lumière clignotante créait des points bleus et cristallins sur la neige croûteuse. J'avais envie de prendre la main de mon père, comme autrefois, mais ce n'était plus de mon âge. Je marchais à ses côtés, à longues enjambées afin qu'il n'ait pas à ralentir pour moi.

Le sermon m'ennuya et je me mis à feuilleter le recueil d'hymnes pour me distraire. Je dus somnoler, car je sentis mon père me pousser et nous nous mîmes debout pour l'hymne final.

Auprès de la Croix, auprès de la Croix,
Sois ma gloire à jamais,
Jusqu'au jour où mon âme rachetée
Trouvera le repos sur l'autre rive.

Je connaissais bien l'air, aussi entonnai-je à pleine voix le premier couplet. Mais la musique de cet hymne était sombre, et tout d'un coup les mots eux-mêmes me parurent trop affreux à chanter. Je m'arrêtai, la gorge nouée. J'avais l'impression que j'allais fondre en larmes, mais je ne savais pas pourquoi, sauf que ce chant me rappelait ma grand-mère Connor, morte depuis un an seulement. Je me demandais pourquoi son âme avait besoin d'être rachetée. Si Dieu ne la trouvait pas assez bonne, je n'avais que faire de son jugement. «Trouvera le repos sur l'autre rive»: était-ce ce qui lui était arrivé? Elle avait cru au ciel, mais je ne pensais pas que le repos sur l'autre rive était vraiment ce qu'elle avait à l'esprit. Pourtant, l'imaginer dans le ciel flamboyant de Noreen, c'était encore pire. Un coin tranquille, où l'on n'au-rait pas toujours besoin d'apaiser ou de cal-mer quelqu'un, un lieu à l'abri des scènes de famille: voilà ce qui aurait convenu à ma grand-mère Connor. Peut-être qu'un moment de repos sur l'autre rive ne lui aurait pas déplu, après tout.

Pendant la prière silencieuse, je regardai mon père. Il était assis, la tête inclinée et les yeux fermés. Il avait les sourcils froncés et je pouvais voir battre les veines sur sa tempe. Je me demandai en quoi il croyait. Je n'en avais aucune idée. Quand il releva la tête, il n'avait pas l'air habité par la présence divine ou quoi que ce soit du genre. Il avait seule-ment l'air fatigué. Puis le révérend McKee prononça la bénédiction, et nous retournâ-mes à la maison.

— Qu'est-ce que tu penses de tous ces trucs, papa ? demandai-je avec hésitation pendant que nous marchions.

— Quels trucs, mon chat ?

— Oh, le ciel et l'enfer et tout ça.

Mon père se mit à rire.

— Tu n'aurais pas trop écouté Noreen, par hasard ? Je ne sais pas trop. Je ne crois pas que ce soient des endroits qui existent vraiment. Peut-être que ce sont des noms qu'on utilise pour désigner des choses qui arrivent tout le temps ici bas, ou qui n'arrivent pas. C'est difficile à expliquer. Je crois que je ne suis pas très doué pour les explications.

Je n'y voyais pas plus clair Je tendis la main pour prendre la sienne, sans me soucier qu'il puisse trouver ce geste enfantin.

— Je déteste cet hymne !

— Seigneur, dit mon père, ahuri. Pourquoi donc ?

Mais je ne savais pas, aussi ne pus-je le lui dire.

Bien des gens à Manawaka eurent la grippe cet hiver là ; mon père et le docteur Cates étaient donc extrêmement occupés. Je l'attrapai moi-même et passai une semaine au lit, vomissant seulement le premier jour et profitant ensuite de ma maladie, comme disait ma mère, avec Noreen qui m'apportait de la limonade et du jus d'orange, et mon père qui tous les soirs m'abaissait la langue avec une spatule de bois, regardait au fond de ma gorge, puis souriait en me disant qu'après tout j'allais peut-être en réchapper.

Puis mon père tomba malade et dut rester à la maison et garder le lit. C'était si inhabituel que cela m'amusa.

— Les docteurs ne devraient pas tomber malades, lui dis-je.

— Tu as raison. J'ai mal calculé mon coup, dit-il.

— Sauve-toi vite, ma chérie, intervint ma mère.

Cette nuit-là, je fus réveillée par des voix dans le couloir du haut. Quand je sortis, je trouvai ma mère et grand-mère MacLeod, toutes deux en robe de chambre. Avec elles, il y avait le docteur Cates. Je n'allai pas immédiatement vers ma mère, comme je l'aurais fait ne serait-ce qu'un an avant. Je restai dans l'embrasure de ma chambre, clignant des yeux dans la lumière soudaine.

— Maman, que se passe-t-il?

Elle se retourna, et j'eus le temps de voir l'expression de son visage avant qu'elle n'affecte un calme artificiel.

— Ce n'est rien, dit-elle. Le docteur Cates est juste venu examiner papa. Retourne dormir.

Le vent soufflait violemment cette nuit-là, et de mon lit je l'entendais secouer les doubles vitres. Les vrilles de la vigne vierge desséchée et durcie par l'hiver grattaient comme des petites griffes acharnées contre les briques rouges. Au matin, ma mère me dit que mon père avait contracté une pneumonie.

Le docteur Cates jugeait dangereux de transporter mon père à l'hôpital. Ma mère décida de coucher dans la chambre d'amis, et après quelques nuits, je lui demandai la permission de dormir avec elle. Je pensais qu'elle me demanderait pourquoi, et je ne savais pas quoi lui répondre, mais elle ne me posa pas de questions. Elle accepta, et d'une certaine façon, cet acquiescement facile m'inquiéta.

Cette nuit-là, le docteur Cates revint avec une des infirmières de l'hôpital. Ma mère resta en haut avec eux. J'étais avec grand-mère MacLeod dans le salon. C'était le dernier endroit au monde où j'aurais voulu être, mais je craignais de l'offenser en partant. Elle était assise, droite et rigide comme un totem, et travaillait au coussin qu'elle brodait au petit point. Je me perchai sur le bord du canapé et gardai les yeux fixés sur *La Compagnie blanche* de Conan Doyle ; de temps en temps, je tournais une page. Je l'avais déjà lu trois fois, mais heureusement, grand-mère MacLeod ne le savait pas. À neuf heures, elle regarda la montre d'or qu'elle portait toujours épinglée à sa robe et me dit d'aller au lit, ce que je fis.

Je m'éveillai dans l'obscurité. Au début, je crus que j'étais dans mon lit et que tout était comme d'habitude : mes parents dans leur chambre ; Roddie pelotonné dans le berceau de sa chambre ; grand-mère MacLeod dormant la bouche ouverte dans son énorme lit

151

à colonnes, entourée d'une demi-douzaine de photos d'oncle Roderick et d'une unique photo de mon père ; Noreen ronflant de façon intermittente dans la chambre voisine de la mienne, avec les sombres flammes de ses cheveux répandus sur l'oreiller, et les devises rose et argent du tabernacle collées sur le mur à côté de son lit : *Appuyez-vous sur lui. Emmanuel est mon refuge. Roc éternel, brisé pour mon salut.*

Puis dans la nuit noire autour de moi, j'entendis un son. C'était ma mère ; elle pleurait, pas fort du tout, mais du tréfonds d'elle-même. Je m'assis dans mon lit. Tout semblait s'être arrêté, le temps, mon cœur, mon sang lui-même. Puis ma mère remarqua que j'étais réveillée.

Je ne posai pas de question, et elle ne me dit rien. C'était inutile. Elle me tint dans ses bras, ou je la tins, je ne sais plus. Et au bout d'un certain temps, ce premier deuil s'arrêta aussi, comme tout s'arrête tôt ou tard, car quand les limites du tolérable sont atteintes, il faut bien dormir.

Pendant les jours qui suivirent la mort de mon père, je restai aux côtés de ma mère, et ce n'était qu'en partie pour me consoler. J'avais aussi le sentiment qu'elle avait besoin de ma protection. Je ne savais pas contre quoi, ni ce que je pouvais faire, mais il fallait que je sois là. Le révérend McKee nous rendit visite, et je restai avec ma grand-mère et ma mère dans le salon. Ma mère me dit que je n'avais pas besoin de rester si je n'avais pas envie, mais je refusai de partir. En gros, je pensais qu'il parlerait du pouvoir de guérison de la prière, et tout ça, et que cela referait pleurer ma mère. De fait, c'est exactement ce qui se passa, mais quand cela se produisit, je ne pus protéger ma mère de cet assaut. Je ne pus que rester là et formuler ma propre prière, qui était qu'il disparaisse au plus vite.

Ma mère essayait de ne pas pleurer, sauf quand elle était seule ou avec moi. J'essayais aussi, mais nos efforts n'étaient pas toujours couronnés de succès. Grand-mère MacLeod, par contre, ne pleura pas une seule fois en public, pas même le jour de l'enterrement. Mais ce jour-là, quand elle fut rentrée à la maison et qu'elle eut retiré ses couvre-chaussures de velours noir et son lourd manteau de phoque, dont la fourrure noire était la chose la plus douce que j'aie jamais touchée, elle resta debout dans l'entrée et pour la première fois eut l'air de chanceler. J'allai instinctivement vers elle, et elle soupira.

— Oui, Vanessa, tu pourrais me donner le bras pendant que je monte.

C'est le plus grand signe de faiblesse que donna grand-mère MacLeod en public. Je la laissai dans sa chambre, assise sur la chaise raide à côté de son lit, contemplant la photo de mon père le jour où il avait reçu son diplôme de médecin. Peut-être regrettait-elle maintenant de n'avoir que cette photo de lui, mais quels qu'aient été ses sentiments, elle n'en dit rien.

Je descendis dans la cuisine. J'avais à peine parlé à Noreen depuis la mort de mon père. Ce n'était pas à dessein. Je ne l'avais simplement pas vue : je ne voyais personne sauf ma mère. Regardant Noreen maintenant, je me rappelai soudain le moineau. Le souvenir de ses piqués et des saccades affolées de ses ailes me donna la nausée. Et c'était moi qui avais ouvert la fenêtre pour le laisser entrer. Une furie inexplicable me saisit, le désir terrifiant de faire mal, de brûler, de détruire. Sans aucun avertissement et sans préméditation, je frappai Noreen de toutes mes forces. Quand elle se retourna, horrifiée, je la frappai à nouveau, à coups de poing, à coups de pieds. Ses mains attrapèrent mes poignets et elle me contint, mais je continuai à me débattre, luttant aveuglément, les yeux hermétiquement clos, comme si Noreen était une prison qui m'enserrait et que je luttais pour en sortir. Enfin, honteuse de ma propre conduite, je cédai à son étreinte et elle me laissa tomber sur le sol.

— Vanessa ! Je t'ai jamais fait la moindre petite chose, et voilà que tu me frappes et que tu me griffes comme ça ! Mais qu'est-ce qui t'a pris ?

Je commençai une phrase pour dire que j'étais désolée, ce qui était sûrement vrai, mais je ne la terminai pas. Je ne pouvais rien dire.

— Après ce qui s'est passé – ton père et tout le reste – t'es pas toi-même, dit-elle pour m'excuser. Je prie tous les soirs pour que ton père soit auprès de Dieu, Vanessa. Je sais qu'il a pas été vraiment sauvé dans les règles, mais quand même…

— Ferme-la.

Quelque chose dans ma voix l'arrêta. Je me relevai et allai dans l'embrasure de la porte de la cuisine.

— Il n'avait pas besoin d'être sauvé, poursuivis-je, en détachant froidement mes mots. Et il n'est pas au ciel, parce que le ciel n'existe pas. Et ça n'a pas d'importance, tu vois ? *Ça n'a pas d'importance !*

Noreen avait l'air particulièrement vulnérable maintenant, avec ses larges pommettes, ses yeux d'enfant étonné et son épaisse toison rousse. Je ne lui avais pas fait très mal en la frappant. Mais je venais de la blesser d'une façon inexcusable. Pourtant je sentis que déjà elle tirait une certaine satisfaction d'avoir à déplorer mon manque de foi.

Je montai dans ma chambre. J'éprouvai momentanément un sentiment de calme, presque d'acceptation. « Trouve le repos sur l'autre rive. » Je savais maintenant ce que cela voulait dire. Cela voulait dire néant. Cela voulait dire seulement le silence, pour toujours.

Puis je me couchai sur mon lit et pleurai les dernières larmes de mon corps, ou ce qui me semblait alors les dernières larmes de mon corps. Parce que, en dépit de ce que j'avais dit à Noreen, cela avait de l'importance. Cela avait de l'importance, mais on n'y pouvait rien.

Tout changea après la mort de mon père. On ne pouvait plus garder la maison Mac-Leod. Ma mère la vendit à un boutiquier du coin qui s'avisa par la suite de faire recouvrir la brique rouge de stuc jaune. Il avait toujours émané de la maison quelque chose qui me mettait mal à l'aise – la tour où les plantes en pot de grand-mère MacLeod s'affaissaient, léthargiques, dans un désordre vert acidulé ; ces longs escaliers et ces retraites invisibles ; le grenier que j'avais toujours cru hanté par les fantômes de parents morts ; le portrait géant du duc de Wellington en haut des escaliers. Jamais ce ne fut une maison attachante. Pourtant, quand elle cessa d'être à nous, quand la vigne vierge eut été arrachée et que les murs sombres furent devenus jaune souci, je fis des détours pour ne pas passer devant, car il me semblait qu'elle avait perdu la sévère dignité qui constituait son essence.

Noreen retourna à la ferme. Ma mère, mon frère et moi-même nous installâmes dans la maison de grand-père Connor. Grand-mère MacLeod partit vivre chez tante Morag à Winnipeg. C'était plus dur pour elle que pour quiconque, parce que toute sa vie adulte était liée à la maison MacLeod. Elle aimait bien tante Morag, mais cela ne comptait guère. Ses hommes avaient disparu, son mari et ses fils, et une famille sans homme, ce n'était plus une famille. Le jour de son départ, ma mère et moi ne savions quoi dire. Grand-mère MacLeod avait l'air encore plus petite que d'habitude dans son manteau de fourrure et sa toque de velours noir. Elle s'agita énormément pour des broutilles, puis s'énerva à l'idée que le taxi n'arriverait peut-être pas à l'heure. Elle nous avait interdit de l'accompagner à la gare. De mon père, de la maison, des choses importantes, elle ne dit mot. Puis, quand le taxi arriva enfin, elle se tourna vers ma mère.

— Roddie aura le sceau d'Ewen, bien sûr, avec le blason des MacLeod. Mais il y a également un autre sceau, n'oubliez pas, le grand avec le blason et la devise. Il se porte sur une chaîne de montre. Je le garde dans ma boîte à bijoux. Il appartenait à Roderick. C'est à Roddie qu'il doit revenir aussi quand je mourrai. Ne laissez pas Morag vous convaincre de le lui laisser.

Pendant la Seconde Guerre mondiale, alors que j'avais dix-sept ans, j'étais amoureuse d'un aviateur qui ne m'aimait pas et que j'avais une envie insupportable d'échapper à Manawaka et à la maison de mon grand-père, un jour, j'inspectai le vieux bureau d'acajou qui avait appartenu à mon père. Il comportait une quantité de petits tiroirs, et sans le faire exprès, je sortis complètement l'un d'entre eux. Derrière, il y avait un autre tiroir, dont je ne connaissais pas l'existence. Mue par la curiosité, je l'ouvris. Il contenait une lettre écrite d'une écriture serrée et anguleuse sur une feuille presque transparente. Elle commençait par « Cher monsieur Ewen. » C'est tout ce que je pouvais comprendre, car l'écriture était presque illisible et mon français médiocre. Elle était datée de 1919. Avec elle, il y avait la photo d'une jeune fille, ridiculement démodée à mes yeux, comme les visages que l'on voit sur les calendriers d'autrefois ou sur les vieilles boîtes de chocolat. Mais si l'on mettait de côté l'allure démodée de la photographie, elle ne semblait ni riche ni vulgaire. Elle avait l'air de ce qu'elle était probablement : une petite bourgeoise ordinaire, mais d'un autre pays. Elle portait de longues anglaises et sa bouche esquissait le doux sourire triste mis à la mode par Mary Pickford. C'était tout. Il n'y avait rien d'autre dans le tiroir.

Je contemplai longtemps la jeune fille, en souhaitant qu'elle ait représenté une liberté momentanée et inespérée. Je me rappelai ce qu'il m'avait dit la fois où je n'étais pas allée au défilé du Jour du Souvenir.

— Qu'est-ce que tu fais, Vanessa ? appela ma mère de la cuisine.

— Rien.

J'emportai la lettre et la photo et les brûlai. C'était tout ce que je pouvais faire pour lui. Maintenant que nous aurions pu enfin parler, c'était bien trop tard. Peut-être n'aurait-ce pas été possible de toute façon. Je ne savais pas.

En regardant le sourire de la jeune fille se transformer en papier brûlé, je me sentis ravagée par la mort de mon père comme s'il venait juste de mourir.

LES HUARDS

Juste en dessous de Manawaka, là où la Wachakwa roulait ses flots bruns et bruyants sur les galets, les chênes nains, les saules argentés et les buissons de merisiers formaient d'épais fourrés. Dans une clairière au centre du bois s'élevait le campement de la famille Tonnerre. La base en était une petite cabane carrée bâtie en rondins de peuplier colmatés avec de la boue. Jules Tonnerre l'avait bâtie une cinquantaine d'années auparavant, quand il était revenu de Batoche[1] avec une balle dans la cuisse, l'année où Louis Riel avait été pendu et où les Métis étaient entrés dans leur long silence. Jules avait eu l'intention de passer seulement l'hiver dans la vallée de la Wachakwa, mais la famille était encore là dans les années trente, du temps de mon enfance. Au fur et à mesure que les Tonnerre se faisaient plus nombreux, ils avaient étendu leur campement jusqu'à ce que la clairière au pied de la colline ne soit plus qu'un chaos d'appentis, de caisses de bois, de planches tordues, de vieux pneus, de poulaillers délabrés, de barbelés enchevêtrés et de boîtes de conserve rouillées.

Les Tonnerre étaient des métis[2] de Français et d'Indiens, et parlaient entre eux un

---

1. Bataille où, en 1885, les Métis, insurgés contre le gouvernement canadien, furent définitivement écrasés par les troupes d'Ottawa. Louis Riel, leur chef, fut pendu. *Cf.* note ci-dessous.

2. Issus de l'union de «voyageurs» et d'Amérindiennes, les Métis habitaient les prairies du Nord-Ouest où ils formaient une population numériquement plus importante que les

charabia qui n'était ni cri ni français. Leur anglais était un sabir truffé d'obscénités. Ils n'étaient chez eux ni chez les Cri de la réserve de Galloping Mountain, plus au nord, ni parmi les Écossais-Irlandais et les Ukrainiens de Manawaka. Ils n'étaient, comme aurait dit grand-mère MacLeod, ni chair, ni poisson, ni bon hareng salé. Quand les hommes ne travaillaient pas comme manœuvres ou cantonniers au Canadien Pacifique, ils vivaient de secours publics. L'été, les jeunes Tonnerre, avec un visage auquel le rire semblait totalement étranger, frappaient à la porte des maisons de brique de la ville pour proposer des pots de fraises des bois écrasées, et s'ils obtenaient vingt-cinq sous, ils saisissaient la pièce et filaient en courant avant que la cliente n'ait le temps de changer d'avis. Quelquefois, le vieux Jules, ou son fils Lazare, était mêlé à une bagarre du samedi soir et frappait son voisin le plus proche, ou encore poussait des hurlements d'ivrogne parmi les promeneurs qui faisaient leurs emplettes sur Main Street. Alors, la police l'enfermait pour la nuit dans la cellule en dessous du palais de justice, et le lendemain, il avait retrouvé son calme.

Piquette Tonnerre, la fille de Lazare, était dans ma classe à l'école. Elle était plus vieille que moi, mais elle avait redoublé plusieurs classes, peut-être parce que sa présence avait toujours été irrégulière et que son intérêt

_____

Amérindiens. Ils vivaient de la chasse au bison et de la traite des fourrures. Lorsque le gouvernement d'Ottawa décida de coloniser leurs territoires et d'y faire passer le chemin de fer, ils s'insurgèrent et formèrent un gouvernement provisoire dirigé par Louis Riel. *Cf.* note ci-dessus.

pour le travail scolaire était minime. Une des raisons pour lesquelles elle avait beaucoup manqué l'école est qu'elle avait eu une tuberculose osseuse et avait passé de nombreux mois à l'hôpital. Je savais cela parce que c'était mon père qui l'avait soignée. En fait, sa maladie était presque la seule chose que je savais d'elle. Autrement, elle n'existait pour moi que comme une présence vaguement embarrassante, avec sa voix rauque, sa démarche gauche et claudicante et ses robes de coton crasseuses qui étaient toujours trop longues d'un kilomètre. Je n'étais ni amicale ni inamicale envers elle. Elle habitait et évoluait à l'intérieur de mon champ visuel, mais je ne fis pas vraiment attention à elle jusqu'à l'étrange été de mes onze ans.

— Je ne sais pas quoi faire de cette petite, dit mon père, un soir, pendant le dîner. Piquette Tonnerre, je veux dire. Cette fichue infection osseuse est repartie. Ça fait un bon bout de temps que je l'ai à l'hôpital maintenant et c'est bien maîtrisé, mais cela m'ennuie énormément de la renvoyer chez elle.

— Tu ne pourrais pas expliquer à sa mère qu'elle a besoin de beaucoup de repos? dit ma mère.

— Sa mère n'est pas là. Elle est partie il y a plusieurs années. Je ne peux pas dire que je lui donne tort. Piquette fait la cuisine pour eux, et elle dit que Lazare ne lève pas le petit doigt quand elle est là. De toute façon, je ne pense pas qu'elle prendrait vraiment soin de sa santé, une fois de retour. Elle n'a que treize ans après tout. Beth, je pensais… et si on l'emmenait avec nous au lac Diamant cet été ? Deux mois de repos donneraient à cet os une bien meilleure chance de guérir.

Ma mère semblait suffoquée.

— Mais Ewen, et Roddie et Vanessa ?

— Elle n'est pas contagieuse. Et elle tiendrait compagnie à Vanessa.

— Mon Dieu, dit ma mère, complètement désemparée, je parie qu'elle a des lentes dans les cheveux.

— Bon sang, dit mon père avec colère, tu penses que l'infirmière chef l'aurait gardée tout ce temps à l'hôpital dans cet état-là ? Ne dis pas de bêtises, Beth.

Grand-mère MacLeod, son visage aux traits délicats rigide comme un camée, joignit ses mains aux veines mauves comme si elle allait se mettre en prière.

— Ewen, si cette petite sang-mêlé vient au lac Diamant, je n'irai pas. Je passerai l'été chez Morag.

J'eus du mal à étouffer mon envie de rire, car ma mère s'illumina d'un contentement évident qu'elle s'efforça immédiatement de dissimuler. S'il fallait choisir entre grand-mère MacLeod et Piquette, Piquette gagnerait haut la main, lentes ou pas.

— Ce serait sans doute très bien pour vous, d'ailleurs, commenta-t-elle. Vous n'avez pas vu Morag depuis plus d'un an, et cela vous distrairait de passer quelque temps en ville. Mon chéri, fais pour le mieux. Si tu penses que cela ferait du bien à Piquette, nous l'emmènerons volontiers, à condition qu'elle se conduise correctement.

C'est ainsi que quelques semaines plus tard, quand nous nous empilâmes dans la vieille Nash de mon père, coincés entre les valises, les boîtes de provisions et les jouets pour mon frère de dix mois, Piquette était avec nous et, ô miracle, grand-mère MacLeod n'y était pas. Mon père ne devait rester au chalet qu'une quinzaine de jours, car il lui fallait retourner auprès de ses patients, mais nous autres allions rester jusqu'à la fin du mois d'août au lac Diamant.

Notre chalet, à l'encontre de la plupart des autres, n'avait pas de nom du style Tartan-pion, Corne-musons ou Bonnie Doon. L'écri-teau sur la route portait seulement, en lettres austères, notre nom : MacLeod. Ce n'était pas un grand chalet, mais il était au bord du lac. En regardant par la fenêtre, on pouvait voir, à travers les filigranes des épinettes, le miroi-tement vert de l'eau quand le soleil la frap-pait. Tout autour du chalet, il y avait des fougères, des framboisiers acérés et de la mousse qui avait poussé sur les troncs d'ar-bres tombés. Si on regardait attentivement parmi les herbes, on pouvait trouver des frai-siers sauvages encore tout en fleurs blan-ches, mais qui porteraient des fruits dans un mois, globes parfumés pendant comme de minuscules lanternes écarlates sur les fines pousses chevelues. Les deux écureuils gris étaient encore là, glapissant dans notre dos du haut de la grande épinette à côté du cha-let, et d'ici la fin de l'été, ils seraient à nou-veau assez apprivoisés pour venir chercher des croûtes dans mes mains. Les vastes panaches d'orignal qui pendaient au-dessus de la porte de derrière étaient un peu plus décolorés et fissurés après l'hiver, mais autrement tout était resté pareil. Je parcourus mon royaume avec une hâte joyeuse, saluant tous les endroits que je n'avais pas vus depuis un an. Mon frère Roderick, qui n'était pas encore né l'été d'avant, était assis au soleil sur le tapis de la voiture et examinait une pomme de pin en la tournant et retournant méticuleusement dans ses petites mains curieuses. Ma mère et mon père portaient les bagages de la voiture au chalet et s'émerveillaient de ce que la maison ait si bien supporté l'hiver : pas de fenêtre cassée, Dieu merci, ni à première vue de dégâts dus à la neige ou à des branches cassées par la tempête.

C'est seulement quand j'eus finis de faire le tour que je remarquai Piquette. Elle était assise sur la balançoire, sa jambe infirme toute raide, et l'autre pied brossant le sol tandis qu'elle se balançait lentement. Ses longs cheveux raides et noirs pendaient autour de ses épaules et son large visage aux traits grossiers était sans expression, comme si elle n'habitait plus à l'intérieur de son crâne, comme si elle était partie ailleurs. Je m'approchai avec beaucoup d'hésitation.

— Tu veux venir jouer ?

Piquette me jeta un regard de mépris.

— J'suis pas une enfant.

Blessée, je m'éloignai avec colère en me jurant de ne plus lui parler de tout l'été.

Pendant les jours qui suivirent, cependant, Piquette commença à m'intéresser et j'eus envie de l'intéresser. Mes raisons ne me paraissaient pas bizarres. Aussi étrange que cela puisse paraître, je venais juste de me rendre compte que les Tonnerre, que j'avais toujours entendu appeler sang-mêlé, étaient en fait des Indiens, ou quasiment. Mes relations avec les Indiens étaient plutôt limitées. Je ne me rappelais pas avoir jamais vu de véritable Indien, et ma découverte récente que Piquette appartenait au même peuple que Big Bear et Poundmaker, que Tecumseh, que l'iroquois qui avait mangé le cœur du père Brébeuf[3], tout cela lui donna un prestige immédiat à mes yeux. J'étais à l'époque une grande lectrice de Pauline Johnson[4], et je récitais parfois d'une voix exaltée «Vent d'Ouest, souffle dans la prairie où tu niches; souffle depuis les montagnes, souffle depuis l'Ouest…», etc. Il me semblait que Piquette devait être au fond une fille de la forêt, une sorte de jeune prophétesse de la nature, qui pourrait me communiquer, si je m'y prenais bien, quelques-uns des secrets qu'elle connaissait sûrement : où niche

---

3. Né en Normandie en 1593, Jean de Brébeuf se fit jésuite et partit comme missionnaire au Canada où il évangélisa les Hurons. Il mourut en 1649, martyrisé par les Iroquois, au terme d'un des plus atroces supplices dont on ait gardé la mémoire.

4. Pauline Johnson (1861-1913) naquit au Canada d'une mère mohawk et d'un père anglais. Nourrie des poètes romantiques anglais, mais ayant également accès à la culture indienne, elle écrivit des recueils de poèmes, de contes et de nouvelles dont certains utilisent son héritage indien. Elle fut à l'époque saluée comme une authentique «voix indienne». Réputation aidée par le fait qu'elle s'habillait en Indienne pour réciter ses poèmes indiens…

l'engoulevent, comment le coyote élève ses petits, ou tout ce que racontait Hiawatha[5].

Je me mis en tête de gagner la confiance de Piquette. Elle n'avait pas le droit de se baigner, à cause de sa jambe malade, mais je m'arrangeai pour l'attirer à la plage, ou plutôt elle vint parce qu'elle n'avait rien d'autre à faire. L'eau était toujours glaciale, car le lac était alimenté par des sources, mais je nageais comme un chien, en faisant des moulinets si rapides et si énergiques avec les bras et les jambes que je n'avais jamais froid. Finalement, quand j'en eus assez, je sortis et vins m'asseoir sur le sable à côté de Piquette. À mon approche, elle écrasa de la main le château de sable qu'elle était en train de bâtir et me regarda en silence, d'un air boudeur.

— Ça te plaît, ici ? lui demandai-je au bout d'un moment, avec l'intention de faire tomber la conversation sur les histoires de la forêt.

Piquette haussa les épaules.

— Ça va. C'est pas plus mal qu'ailleurs.

— J'adore cet endroit. Nous venons chaque été.

— Et alors ? Sa voix était distante, et je la regardai, incertaine, me demandant ce que j'avais dit de mal.

— Tu veux venir te promener ? demandai-je. On n'a pas besoin d'aller loin. Si on passe

---

5. Hiawatha est un chef indien légendaire du XVIe siècle auquel on attribue la fondation de la ligue iroquoise. Le poète américain Longfellow lui consacra en 1855 un poème qui porte son nom.

le point là-bas, on arrive à une baie où il y a de grands roseaux, et toutes sortes de poissons vivent dans le coin. Tu veux? On y va?

Elle secoua la tête.

— Ton père a dit que je devais pas trop marcher.

J'essayai une autre approche.

— Je parie que tu sais des tas de choses sur les bois et tout ça, commençai-je avec respect.

Piquette me regarda de ses grands yeux sombres sans sourire.

— J'ai pas idée de quoi tu parles. T'es folle ou quoi? Si tu veux dire là où on vit, mon vieux, moi et les autres, bon Dieu, t'as intérêt à la fermer, t'entends?

Je fus ahurie et blessée, mais j'avais une sorte d'opiniâtreté qui me fit persister et ignorer sa rebuffade.

— Tu sais quoi, Piquette? Il y a des huards ici, sur le lac. On peut voir leurs nids sur le rivage, derrière ces troncs. Le soir, on peut même les entendre depuis le chalet mais c'est mieux d'écouter de la plage. Mon père dit qu'on devrait écouter et essayer de se rappeler leur chant parce que dans quelques années, quand il y aura plus de chalets sur le lac Diamant, et plus de gens, les huards partiront.

Piquette ramassait des pierres et des coquilles d'escargot qu'elle laissait retomber.

— Qu'est-ce que ça peut faire?

Il devint de plus en plus évident qu'en tant qu'Indienne, Piquette était une perte sèche. Ce soir-là, je sortis seule, me frayant tant bien que mal un passage parmi les buissons du sentier pentu. Mes pieds glissaient sur les aiguilles de pin qui couvraient le sol. Parvenue au rivage, je marchai le long du sable humide et dur jusqu'au petit embarcadère que mon père avait construit, et je m'y assis. J'entendis d'autres pas dans le sous-bois et les fougères, et je crus un instant que Piquette avait changé d'avis, mais il s'avéra que c'était mon père. Il s'assit à côté de moi sur l'embarcadère et nous attendîmes en silence.

La nuit, le lac était un miroir noir rayé d'ambre sur le trajet de la lune. Tout autour, les épinettes poussaient, hautes et denses, leurs branches noires se découpant nettement sur le ciel qu'éclairait le froid scintillement des étoiles. Les huards commencèrent à lancer leur appel. Ils se levèrent comme des oiseaux fantômes de leur nid sur le rivage, et s'envolèrent vers la sombre surface des eaux tranquilles.

Nul ne peut décrire ce hululement, le cri des huards, et quand il l'a entendu, nul ne peut l'oublier. Plaintive, avec pourtant une nuance de moquerie glaçante, leur voix appartenait à un monde situé à des années-lumière de nos chalets pimpants et de la clarté des lampes.

— C'est exactement ainsi qu'ils devaient chanter avant que l'homme ait mis le pied ici, remarqua mon père.

Puis il se mit à rire.

— On pourrait en dire autant, bien sûr, des moineaux ou des suisses, mais bizarrement c'est avec les huards que ça nous frappe.

— Je sais, dis-je.

Nous ne nous doutions ni l'un ni l'autre que ce serait la dernière fois que nous serions ainsi, assis côte à côte, à écouter. Nous restâmes environ une demi-heure et retournâmes au chalet. Ma mère lisait devant la cheminée. Piquette regardait brûler la bûche de bouleau sans rien faire.

— Tu aurais dû venir avec nous, dis-je, me réjouissant aussitôt qu'elle ne l'ait pas fait.

— Tu parles, dit Piquette. C'est pas moi qui marcherais jusque-là rien que pour un paquet d'oiseaux braillards.

Le malaise persista entre Piquette et moi. J'avais l'impression d'avoir laissé tomber mon père, mais je ne savais pas quel était le problème, ni pourquoi elle ne voulait ou ne pouvait pas répondre quand je proposais d'explorer les bois ou de faire une cabane. Je pensais que c'était sans doute sa marche lente et pénible qui la retenait. Elle passait le plus clair de son temps dans le chalet avec ma mère, l'aidant à faire la vaisselle et à s'occuper de Roddie, mais presque sans un mot. Puis les Duncan arrivèrent dans leur chalet, et je passai mon temps avec Mavis qui était ma meilleure amie. Je n'arrivais pas à établir le moindre contact avec Piquette, et je perdis vite l'envie d'essayer. Mais pendant tout l'été, elle resta pour moi un reproche et un mystère.

Cet hiver-là, mon père mourut d'une pneumonie, en moins d'une semaine. Pendant un certain temps, je fus aveugle à ce qui se passait autour de moi, totalement engloutie par mon chagrin et par celui de ma mère. Quand le monde extérieur se remit à exister, c'est à peine si je remarquai que Piquette Tonnerre n'était plus à l'école. Je ne me rappelle pas l'avoir revue avant un samedi soir, quatre ans après. Mavis et moi buvions des Coke au café Régal. Le jukebox faisait un bruit d'enfer, et à côté, légèrement appuyée sur ses chromes et son verre arc-en-ciel, il y avait une jeune fille.

Piquette devait avoir dix-sept ans à l'époque, mais elle en paraissait bien vingt. Je la regardai fixement, sidérée qu'on puisse changer à ce point. Son visage si impassible, si fermé autrefois, était animé maintenant d'une gaieté presque violente. Elle riait et parlait très fort avec les garçons qui l'entouraient. Elle portait un rouge à lèvres carmin vif, les cheveux coupés court et frisottés par une permanente. Elle n'était pas jolie quand elle était enfant et ne l'était pas devenue, car ses traits étaient restés lourds et grossiers. Mais ses sombres yeux légèrement bridés étaient beaux, et sa jupe et son pull orange collants révélaient flatteusement un corps svelte aux courbes tendres.

Elle me vit et vint vers moi. Elle titubait un peu, mais ce n'était pas à cause de sa jambe tuberculeuse, car elle ne boitait presque plus.

— Salut, Vanessa. Sa voix était restée aussi rauque. Ça fait un bout de temps qu'on s'est pas vues, hein?

— Salut, Piquette. Où avais-tu disparu?

— Oh, je me suis promenée. Ça fait presque deux ans que je suis partie. J'ai été partout : Winnipeg, Regina, Saskatoon. Seigneur, ce que je pourrais te raconter! Je reviens cet été, mais je resterai pas. Et vous, les filles, vous allez au bal?

— Non, dis-je sèchement, car c'était un sujet pénible pour moi. J'avais quinze ans, et m'estimais assez vieille pour aller aux bals du samedi soir, au *Flamingo*. Mais ma mère n'était pas de cet avis.

— Tu devrais venir. J'en manque pas un. C'est à peu près la seule distraction dans ce trou perdu. Bon sang, on me verra pas faire de vieux os ici. J'ai rien à faire de cette ville de merde.

Elle s'assit à côté de moi et je sentis son parfum trop capiteux.

— Tu veux savoir quelque chose, Vanessa? confia-t-elle d'une voix légèrement pâteuse. Ton père est la seule personne de Manawaka qu'a jamais été bien avec moi.

J'acquiesçai silencieusement. J'étais certaine qu'elle disait la vérité. J'en savais un peu plus long que l'été du lac Diamant, mais j'étais toujours aussi incapable de communiquer avec elle. J'avais honte, honte de ma propre timidité, de ma tendance à détourner peureusement le regard. Pourtant, je n'éprouvais en fait aucune chaleur envers elle, je sentais seulement que j'aurais dû, au nom de cet été lointain, parce que mon père avait espéré qu'elle me tiendrait compagnie, ou que je lui tiendrais compagnie, mais ça ne s'était pas passé comme ça. À ce moment-là, en la retrouvant, je devais admettre qu'elle me répugnait et m'embarrassait, et je ne pouvais m'empêcher de mépriser l'auto-apitoiement que je décelais dans sa voix. J'avais envie qu'elle s'en aille. Je ne voulais pas la voir. Je ne savais pas quoi lui dire. Il me semblait que nous n'avions rien à nous dire.

— Je vais te dire autre chose, continua Piquette. Toutes les vieilles punaises et les vieilles biques de la ville vont être surprises. Je vais me marier cet automne. Mon fiancé – c'est un Anglais – travaille dans les parcs à bestiaux, là-bas, à la ville. C'est un très grand homme, avec des cheveux blonds ondulés. C'est vraiment un beau gars. Pis il a un nom vraiment très distingué : Alvin Gerald Cummings – ça a de l'allure, hein ? On l'appelle Al.

Le temps d'un éclair, alors je la vis. Je la vis vraiment, pour la première et la seule fois de ma vie, de toutes ces années où nous avions vécu côte à côte dans la même ville. Son visage rebelle, momentanément, abandonna ses défenses et son masque, et je lus dans ses yeux un espoir terrifiant.

— Ça alors, Piquette, m'exclamai-je maladroitement, c'est formidable. C'est vraiment merveilleux. Félicitations. Bonne chance. Je te souhaite beaucoup de bonheur.

Tout en prononçant les formules rituelles, je ne pouvais que deviner la profondeur de son manque, pour qu'elle ait ainsi recherché tout ce qu'elle avait si amèrement rejeté.

Quand j'eus dix-huit ans, je quittai Manawaka et partis pour l'université. À la fin de la première année, je revins passer l'été à la maison. Les premiers jours furent entièrement occupés à bavarder avec ma mère. Nous échangions toutes les nouvelles que nous ne nous étions pas communiquées par lettre : ce qui m'était arrivé, et ce qui s'était passé à Manawaka pendant que j'étais au loin. Ma mère cherchait dans sa mémoire les événements survenus aux gens que je connaissais.

— Est-ce que je t'ai écrit à propos de Piquette Tonnerre, Vanessa ? me demanda-t-elle un matin.

— Non, je ne pense pas. La dernière fois que j'en ai entendu parler, elle allait épouser un type à Winnipeg. Est-ce qu'elle est toujours là-bas ?

Ma mère eut l'air désemparée et garda le silence un moment, comme si elle ne savait pas comment exprimer ce qu'elle avait à dire et souhaitait ne pas avoir à le faire.

— Elle est morte, me dit-elle enfin. Puis, tandis que je la fixais : Oh, Vanessa ! quand c'est arrivé je n'ai pas pu m'empêcher de la revoir telle qu'elle était cet été-là, si boudeuse, gauche, mal habillée. Je ne pouvais pas m'empêcher de me demander si nous aurions pu faire plus à ce moment-là. Mais que pouvions-nous faire ? Elle était toute la journée avec moi dans le chalet, mais honnêtement, je ne pouvais pas en tirer plus d'un mot. Elle ne parlait guère, même à ton père que pourtant, je crois, elle aimait bien à sa façon.

— Qu'est-ce qui est arrivé? demandai-je.

— Son mari l'a quittée, ou elle l'a quitté. Je ne sais pas au juste. De toute façon, elle est revenue ici avec deux petits enfants : ils ont dû naître coup sur coup. Elle tenait la maison pour Lazare et ses frères, dans la vallée, au vieux campement des Tonnerre. Je la voyais de temps en temps dans la rue, mais elle ne m'a jamais parlé. Elle avait énormément grossi, son allure était vraiment épouvantable : une vraie souillon, pour dire la vérité, habillée n'importe comment. Elle est passée en justice deux ou trois fois : ivresse et trouble de l'ordre public, bien sûr. Un samedi soir, l'hiver dernier, au plus fort du froid, Piquette était seule avec les enfants. Les Tonnerre fabriquaient tout le temps de l'alcool, paraît-il, et Lazare a dit plus tard qu'elle avait passé le plus clair de la journée à boire quand lui et les garçons sont sortis pour la soirée. Ils avaient un vieux poêle à bois, tu vois le genre, avec des tuyaux sans protection. La cabane a pris feu, Piquette n'est pas sortie, les enfants non plus.

Je gardai le silence. Comme souvent avec Piquette, il me semblait qu'il n'y avait rien à dire. Il y avait une sorte de silence autour de l'image de feu et de neige qui surgissait dans mon esprit. J'aurais voulu pouvoir effacer de ma mémoire le regard que j'avais vu un jour dans les yeux de Piquette.

Je retournai au lac Diamant quelques jours cet été-là, avec Mavis et sa famille. Le chalet MacLeod avait été vendu après la mort de mon père, et je n'allai même pas le regarder, car je ne voulais pas voir mon royaume d'autrefois tombé aux mains d'étrangers. Mais un soir, je descendis sur le rivage toute seule.

Le petit embarcadère que mon père avait construit avait disparu, et à sa place il y avait une grande jetée solide construite par l'État, car Galloping Mountains était devenu parc national et le lac Diamant avait été rebaptisé lac Wapakata, avec l'idée qu'un nom indien serait plus attirant pour les touristes. L'unique magasin avait été remplacé par des douzaines de boutiques et le coin avait tous les attributs d'une station prospère : des hôtels, un dancing, des cafés avec des enseignes au néon, et partout l'odeur pénétrante des patates frites et des hot dogs.

Je m'assis sur la jetée et regardai l'eau. Le soir, le lac au moins était resté identique à lui-même, avec son éclat sombre que traversait l'ambre du sentier de la lune. Il n'y avait pas de vent ce soir-là, tout était calme autour de moi. Trop calme. Je me rendis compte brusquement que les huards n'étaient plus là. J'écoutai un certain temps, pour être sûre, mais je n'entendis pas une seule fois ce long appel, mi-moqueur, mi-plaintif, déchirer le calme du lac.

Je ne parvins pas à savoir ce qui était arrivé aux oiseaux. Peut-être avaient-ils gagné un gîte lointain. Peut-être n'en avaient-ils pas trouvé et s'étaient-ils éteints, ayant perdu le goût de vivre.

Je me rappelai comme Piquette avait dédaigné de venir, quand mon père et moi étions allés nous asseoir au bord du lac pour écouter les oiseaux. Il me semblait maintenant qu'inconsciemment et sans que personne s'en rende compte, Piquette était peut-être la seule, après tout, à avoir entendu le cri des huards.

LES CHEVAUX DE LA NUIT

Jusqu'à ce que Chris vienne à Manawaka pour fréquenter l'école secondaire, je ne savais pas que j'avais de lointains cousins qui habitaient dans le Nord. Ma mère me dit qu'il appartenait à une famille nombreuse, des parents à nous, installés à Shallow Creek, dans le Nord. J'avais six ans, et Shallow Creek me paraissait infiniment loin, au pays légendaire de l'hiver, où aucune feuille ne pousse et où le souffle fumant des phoques et des ours blancs se transforme en glace.

— Des gens ordinaires peuvent y habiter? demandai-je à ma mère, voulant dire des gens qui ne soient pas des Eskimos. Il peut y avoir une ferme?

— Que veux-tu dire? demanda-t-elle, intriguée. Je t'ai expliqué. C'est là qu'ils vivent. À la ferme. Oncle Wilf (c'était le père de Chris, qui était mort quelques années plus tôt) a reçu la terre du gouvernement il y a une éternité.

— Mais comment peuvent-ils faire pousser quelque chose? Tu as dit que c'était loin dans le Nord.

— Seigneur, dit ma mère en riant, ce n'est pas *si loin* au Nord. C'est à une centaine de milles au-delà de Galloping Mountain. Tu seras gentille avec Chris, n'est-ce pas? Et ne l'accable pas de questions dès qu'il aura franchi la porte.

Comme ma mère me connaît peu, pensai-je. Chris avait quinze ans. Il n'éprouverait sûrement que mépris envers moi. Je détestais le fait d'être si jeune. Je ne me croyais pas capable de lui dire quoi que ce soit.

— Et si je ne l'aime pas?

— Si tu ne l'aimes pas? reprit ma mère sèchement. Tu vas surveiller tes manières, et pas de comédie, tu m'entends? Ce sera déjà assez difficile comme ça.

— Pourquoi faut-il qu'il vienne ici, d'ailleurs? demandai-je avec colère. Pourquoi il ne va pas à l'école là où il habite?

— Parce qu'il n'y a pas d'école secondaire là-bas. J'espère qu'il s'adaptera bien ici et qu'il n'aura pas trop le mal du pays. Trois ans, c'est long. Ton grand-père est très généreux de l'héberger à la Maison de brique.

Elle me dit cela sur un ton accusateur, comme si elle me soupçonnait de ne pas être de cet avis, mais je n'avais aucune opinion, ni dans un sens ni dans l'autre. Nous devions tous souper à la Maison de brique pour l'arrivée de Chris. C'était la fin août et il faisait une chaleur étouffante. Vue de l'extérieur, la maison de grand-père avait l'air immense et fraîche, car les grandes épinettes bloquaient le soleil avec leurs branches sombres qui tombaient en éventail jusqu'au sol. Mais à l'intérieur, il ne faisait pas frais du tout. Le poêle à bois de la cuisine ronflait à plein, et toute la maison sentait la viande rôtie.

Grand-mère Connor portait un grand tablier mauve. Je trouvais cette couleur plus jolie que le vert bouteille de sa robe, mais elle croyait qu'il fallait porter des teintes sombres pour ne pas s'exposer à la vanité – ce qui, dans son cas, ne constituait pas un grand risque. Le tablier recouvrait son buste sans forme et cachait partiellement sa broche de camée, le seul bijou qu'elle ait jamais porté ; elle représentait un homme farouchement barbu, que j'imaginais être Moïse ou Dieu.

— Ce n'est pas bientôt l'heure où ils doivent arriver, Beth ? demanda grand-mère Connor.

— Le train n'arrive qu'à six heures : il est à peine cinq heures et demie. Père est déjà parti à la gare ?

— Il est parti il y a une heure.

— C'est bien lui, commenta ma mère.

— Voyons, voyons, Beth, dit ma grand-mère en une admonestation apaisante.

Enfin, la porte s'ouvrit violemment, et grand-père Connor fit irruption dans la maison, suivi d'un grand garçon dégingandé. Chris portait une chemise blanche, une cravate et des pantalons gris. Je trouvai, malgré moi, qu'il avait belle allure. Il avait un visage anguleux, dont les os saillaient sous la peau brune. Ses yeux gris étaient légèrement bridés et ses cheveux avaient la couleur de l'herbe à la fin de l'été quand le soleil l'a décolorée en jaune pâle. Je ne m'étais pas proposé de l'aimer, pas même un peu, mais j'eus envie de prendre sa défense quand j'entendis ce que ma mère chuchotait à ma grand-mère avant d'aller dans le vestibule.

— Seigneur, regarde cette chemise et ces pantalons. Ça devait être ceux de son père, le pauvre petit.

Je fonçai dans l'entrée pour gagner ma mère de vitesse et restai plantée là.

— Salut, Vanessa, dit Chris.

— Comment savais-tu qui j'étais?

— Eh bien, je savais que ton père et ta mère n'avaient qu'un enfant, alors j'ai pensé que ce devait être toi, répondit-il en souriant.

Sa façon de me parler ne me donnait pas l'impression d'avoir dit une bêtise. Ma mère l'accueillit chaleureusement mais timidement. Ne sachant pas si elle devait l'embrasser ou lui serrer la main, elle ne fit ni l'un ni l'autre. Grand-mère Connor, pour sa part, n'eut aucune hésitation. Elle l'embrassa sur les deux joues et le maintint au bout de ses bras pour bien le regarder.

— Béni soit cet enfant, dit-elle.

Venant de quelqu'un d'autre, cette remarque aurait paru ridicule, d'autant que Chris la dépassait d'au moins une tête. Ma grand-mère est la seule personne que j'aie jamais connue qui ait pu dire ce genre de choses sans que cela sonne faux.

— Je vais te montrer ta chambre, Chris, proposa ma mère.

Grand-père Connor, qui était resté debout dans le salon sans dire un seul mot, aussi granitique qu'une statue du cimetière, suivit grand-mère dans la cuisine.

— Le train avait quarante minutes de retard, déclara-t-il.

— Quel dommage, dit ma grand-mère. Mais je pensais qu'il ne devait arriver qu'à six heures, Timothy.

— Six heures ! cria mon grand-père. C'est l'heure de l'express. L'omnibus arrive à cinq heures vingt.

C'était faux, comme je le savais aussi bien que ma grand-mère. Mais nous ne le contredîmes ni l'une ni l'autre.

— Quelle idée de faire cuire un rôti un soir pareil ! poursuivit mon grand-père. On pourrait frire un œuf sur le trottoir, tellement il fait chaud. Une salade de pommes de terre aurait aussi bien fait l'affaire.

En mon for intérieur, j'étais de son avis, mais je m'interdisais par principe de me déclarer d'accord avec lui sur quoi que ce soit. Je me rangeais systématiquement du côté de ma grand-mère sur tous les sujets, non parce qu'elle avait toujours raison mais parce que je l'aimais.

— Ce n'est pas un rôti, dit doucement ma grand-mère, c'est une épaule d'agneau. Le four n'est allumé que depuis une heure. J'ai pensé que ce garçon aurait faim après son voyage.

Ma mère et Chris étaient redescendus et se trouvaient maintenant dans le salon. Je les entendais mener une conversation laborieuse, coupée de silences.

— Une salade de pommes de terre aurait été bien suffisante, proclamait mon grand-père. Il aurait encore eu de la chance, si tu veux savoir. La famille de Wilf a pas un traître sou. C'est moi qui va entretenir ce garçon.

La pensée de Chris dans le salon, et de ma mère impuissante à fournir des explications, ce fut trop pour moi. Je me dirigeai discrètement vers la porte de la cuisine pour la fermer, mais ma grand-mère m'arrêta.

— Non, me dit-elle avec une fermeté inattendue. Laisse la porte ouverte, Vanessa.

Je n'en croyais pas mes oreilles. Elle ne pouvait quand même pas vouloir que Chris entende? Elle était personnellement capable de traverser imperturbablement un ouragan parce qu'elle pensait que son Dieu était une forteresse inébranlable. Mais il n'en allait pas de même pour le reste d'entre nous, et d'habitude elle faisait de son mieux pour nous protéger. Sur le moment, je fus totalement stupéfaite. Avec le recul, je pense qu'elle avait dû comprendre que Chris aurait à découvrir la Maison de brique tôt ou tard, et que le plus tôt serait le mieux.

Je ne pus m'empêcher d'aller au salon voir comment Chris se comporterait avec mon grand-père. Allait-il, comme je l'espérais, se mettre en colère et peut-être même lui répondre? Ou serait-il seulement intimidé et embarrassé?

— Wilf a jamais été bon à grand-chose, même dans sa jeunesse, trompettait grand-père Connor. Il faut être un vrai nigaud pour aller s'établir dans un endroit pareil. Tout le monde aurait pu lui dire que cette terre valait rien, sauf pour le foin.

Allait-il nous rappeler une fois de plus comme il avait bien réussi dans la quincaillerie? Personne ne l'avait jamais aidé, me répétait-il. Je suis sûre qu'il croyait que c'était vrai. Et peut-être même était-ce vrai.

— Si le garçon tient de son père, son avenir est pas brillant, poursuivit mon grand-père.

Mon impuissance me mettait comme d'habitude en rage. Quant à Chris, il ne manifestait aucune émotion d'aucune sorte. Il était assis sur le grand sofa qui s'enroulait dans l'oriel comme un gigantesque coquillage noir. Il se mit à me parler, très naturellement, comme s'il n'avait pas entendu un mot de ce que disait mon grand-père.

Cette méthode s'avéra celle que Chris utilisait constamment chaque fois qu'il avait affaire à mon grand-père. Quand les mots tombaient comme des coups de matraque, ce qui arrivait souvent, Chris n'avait jamais l'air, comme moi, de devoir se retenir de toutes ses forces pour ne pas éclater, dire ce qu'il avait sur le cœur et provoquer un cataclysme inimaginable. Il ne discutait pas, ne se défendait pas, mais il ne s'excusait pas non plus. Il paraissait seulement absent, ailleurs. Heureusement, les réponses étaient superflues, car lorsque grand-père Connor faisait l'exposé de vos défauts, vous n'étiez pas censé répondre.

Mais à l'époque, je remarquai à peine cet aspect de Chris. Ce qui me séduisait était qu'il parlait et plaisantait avec moi comme si j'avais son âge. Selon une expression que je ne connaissais pas à l'époque, il respectait la personne d'autrui.

Les rares soirs où mes parents sortaient, Chris venait s'occuper de moi. C'étaient les meilleurs moments, car souvent, quand il était censé faire ses devoirs, il fabriquait des objets extraordinaires pour m'amuser, ou s'amuser lui-même : il tordait des cure-pipe pour en faire des nains aux contorsions sauvages, ou fabriquait avec de vieilles guirlandes de Noël lumineuses un théâtre de marionnettes avec un rideau de velours rouge qui se remontait pour vrai. Il avait l'art de confectionner toutes sortes d'objets en miniature. Pour un de mes anniversaires, il m'offrit une selle de cuir qu'il avait cousue lui-même ; pas plus grande qu'une boîte d'allumettes, elle était soignée jusque dans les moindres détails : étriers, corne, lignes entre-croisées qui étaient la marque de son ranch, par allusion à son prénom[1], expliqua-t-il.

— Est-ce que je pourrai aller un jour à Shallow Creek ? lui demandai-je un soir.

— Sûr. Un été, peut-être, pendant les vacances. J'ai une sœur de ton âge. Les autres sont toutes grandes.

Je ne voulais pas entendre. Ses sœurs (car Chris était le seul garçon) n'existaient pas pour moi, pas même sur les photos, parce que je ne voulais pas qu'elles existent. Je voulais qu'il nous appartienne exclusive-

---

1. *Criss,* en composition avec *cross* signifie «lignes entre-croisées», mais c'est aussi l'homonyme du prénom Chris.

ment. Shallow Creek existait cependant dans mon esprit, non plus comme une étendue de montagnes glacées, mais comme un pays dont l'attrait échappait à toute considération ordinaire.

— Dis-moi comment c'est là-bas, Chris.

— Mais, Vanessa, je t'ai déjà raconté au moins un millier de fois.

— Tu ne m'as pas dit comment est ta maison.

— Vraiment? Eh bien, elle est faite d'arbres qui poussent là, au bord du lac.

— Faite d'arbres? Vraiment?

Je la voyais très bien. Les arbres poussaient encore, avec leurs feuilles vertes solidement attachées. Leurs branches avaient été doucement façonnées pour former des tours et des nids haut perchés d'où la vue s'étendait à plus de cent milles alentour.

— Ce lac, tu sais, dit Chris, c'est plutôt une mer intérieure. Il continue pendant des siècles et des siècles, amen, voilà à quoi il ressemble. Et tu sais quoi? Il y a des millions d'années, avant l'apparition des êtres humains, le lac était plein de monstres aquatiques. Toutes sortes de dinosaures. Ensuite, ils sont tous morts. Personne ne sait vraiment pourquoi. Imagine : toutes ces créatures géantes, avec des cous comme des serpents ; certains avaient une huppe sur la tête, comme une crête de coq, mais très dure, comme du cuir raide. Des types de Winnipeg sont venus il y a quelques années faire des fouilles ; ils ont trouvé des ossements de dinosaures et des empreintes dans les rochers.

— Des empreintes dans les *rochers*?

— Les rochers étaient de la boue, vois-tu, à l'époque où les dinosaures y piétinaient, mais après des milliards d'années, la boue s'est transformée en pierre et ces puissantes empreintes, où on voit encore les griffes, sont restées. Étonnant, hein?

Je ne pouvais que hocher la tête, fascinée et horrifiée. La seule idée de se baigner dans ces eaux… Et si une de ces créatures était encore vivante?

— Parle-moi des chevaux, dis-je.

— Ah, les chevaux. Eh bien, nous avons deux chevaux de selle, Duchesse et Luciole. C'est moi qui les ai élevés, et je voudrais que tu les voies. Une ligne vraiment superbe, tu comprends ce que je veux dire? Je parie que je pourrais en faire des chevaux de course.

Les chevaux lui manquent plus que sa famille, pensais-je avec une satisfaction égoïste. J'imaginais la paire de chevaux, l'un alezan, l'autre noir, filant à travers les prairies de l'été.

— Quand est-ce que je peux venir, Chris?

— Il faudra voir. Quand j'aurai fini l'école secondaire, je ne serai pas beaucoup à Shallow Creek.

— Pourquoi?

— Parce que je vais devenir ingénieur, ingénieur des travaux publics. Tu as déjà vu un pont vraiment grand? Moi non plus, mais j'ai vu des photos. Prends le Golden Gate à San Francisco. Une hauteur prodigieuse : toutes ces fines nervures d'acier, assemblées pour traverser cette vaste étendue d'eau. Ça paraît impossible, mais ça existe pourtant. C'est ce que font les ingénieurs. Tu imagines ce que ça doit être de construire quelque chose comme ça?

Je ne pouvais pas l'imaginer. Cela me dépassait.

— Où iras-tu?

Je ne voulais pas penser à son départ.

— À Winnipeg, au collège, dit-il avec assurance.

La Dépression ne s'arrangea pas, contrairement à ce que tout le monde avait dit. Elle empira, ainsi que la sécheresse. La région des Prairies où nous habitions n'a jamais fait partie du *dustbowl*[2]. Les fermes autour de Manawaka ne connurent jamais d'année sans aucune récolte, et après, une fois la sécheresse terminée, les gens faisaient remarquer fièrement ce fait, comme s'il était dû à une vertu particulière ou à un statut spécial, ils se prenaient pour les enfants d'Israël, éprouvés par Jéhovah mais jamais en réel danger d'être anéantis. Cependant, si Manawaka ne connut pas le pire, ce qu'elle subit était déjà dur. C'est du moins ce que j'appris plus tard. À l'époque, je n'en vis rien. Pour moi, la Dépression et la sécheresse étaient des

---

2. Nom désignant les régions dont la terre, sous l'effet de sécheresses prolongées, s'envole en tourbillons de poussière.

divinités malveillantes, extérieures et abs-
traites, dont j'avais secrètement appris les
noms quoiqu'on me les ait cachés, et dont je
ne percevais que superstitieusement le pouvoir maléfique, sachant qu'elles nous mena-
çaient, mais ni comment ni pourquoi. Ce que
je voyais en fait était seulement ce qui se
passait dans notre famille.

— Il s'en est bien tiré, en dépit de tout, dit
ma mère. Elle soupira, et je compris qu'elle
parlait de Chris.

— Je sais, dit mon père. Nous en avons
déjà discuté, Beth. Mais bien s'en tirer n'est
pas suffisant. Même s'il réussissait à obtenir
une bourse, ce qui est peu probable, elle ne
couvrirait que les droits universitaires et les
livres. Et le logement, et les repas? Qui va
payer? Ton père?

— Je vois que je n'aurais pas dû aborder
le sujet, dit ma mère d'une voix distante.

— Désolé, dit mon père avec impatience.
Mais tu sais bien toi-même qu'il est le seul
qui pourrait…

— Je ne peux pas prendre sur moi de
demander à père. Je ne peux pas, Ewen.

— Ça ne vaut guère la peine de demander,
dit mon père, quand la réponse est courue
d'avance. Il trouve qu'il a fait sa part, et c'est
vrai, en fait. Trois ans, après tout. Il ne l'a
peut-être pas fait de bonne grâce, mais il l'a
fait.

Nous étions assis dans le salon, et c'était le
soir. Mon père était affalé dans le fauteuil gris
qui avait toujours été le sien. Ma mère, toute

mince, était assise bien droite sur la chaise bleue que personne d'autre n'utilisait jamais. J'occupais le siège que je considérais comme ma propriété : un tabouret beige brodé au petit point de roses géométriques. Cette répartition me satisfaisait obscurément, peut-être parce qu'elle était prévisible, comme les trois ours. Je faisais semblant de colorier un cahier sur mon genou, et de temps en temps, mon crayon violet ajoutait une plume léthargique à un cygne aux allures exotiques. Parler, c'était m'exposer à devoir sortir. Mais leurs paroles faisaient surgir des questions pressantes dans ma tête.

— Chris ne va pas s'en aller, n'est-ce pas ?

Ma mère fondit sur moi, scandalisée par sa propre négligence.

— Mon Dieu, tu es encore debout, Vanessa ! Où ai-je la tête ?

— Où est-ce que Chris s'en va ?

— On ne sait pas encore, répondit évasivement ma mère, en me poussant dans l'escalier. On verra.

Il ne partira pas, pensais-je. Il arriverait quelque chose, un miracle qui l'empêcherait de partir. Il resterait, avec sa longue démarche souple, ses yeux gris en amande et sa conversation qui ne m'excluait jamais. Il ne bougerait pas d'ici. Et bientôt, parce que je le désirais désespérément, et parce que, Dieu merci, chaque jour j'étais plus vieille, très bientôt, quand il parlerait de l'espace ou d'un ciel noir sans limites s'étendant bien au-delà de notre terre, je serais capable de répondre avec de tels éclairs de savoir qu'il en serait ébloui. Alors, je cesserais d'être rongée par le sentiment humiliant d'être incapable de discerner ce qu'il désirait entendre. Quand viendrait ce temps béni, je n'aurais plus de limites. J'aurais cessé d'être petite.

J'avais neuf ans quand Chris quitta Manawaka. La veille de son départ, je frappai à la porte de sa chambre à la Maison de brique.

— Entre, Vanessa, dit Chris. Je fais mes bagages. Tu sais plier les chaussettes?

— Bien sûr.

— Eh bien, plie-moi donc ce tas-là.

J'étais venue lui dire au revoir, mais je ne voulais encore pas le faire. Je me mis en devoir de plier les chaussettes. Je n'avais pas l'intention de mentionner l'université, mais j'étais trop consciente qu'il ne fallait pas en parler pour ne pas me sentir mal à l'aise. J'avais peur de lâcher une allusion involontaire, dans mon anxiété de ne pas le faire. Ma mère avait dit : «Il a incroyablement bien pris la chose. Il n'en parle même pas, alors n'en parlons pas non plus.»

— Demain, tu seras à Shallow Creek, hasardai-je.

— Ouais.

Il ne leva pas les yeux, et continua à empiler vêtements et livres dans sa valise.

— Je parie que tu seras content de revoir les chevaux, hein?

J'avais envie de l'entendre dire qu'il se moquait pas mal des chevaux maintenant et qu'il aurait voulu rester ici.

— Ce sera bon de les revoir, dit Chris. Tu veux me passer ces chaussettes? Je crois que je peux les glisser dans ce coin-ci. Regarde, tout y est. Alors, je ne suis pas le roi des emballeurs?

Je m'assis sur sa valise pour qu'il puisse la fermer, et il la ceintura d'une corde parce que la fermeture ne marchait pas.

— Tu as jamais pensé à ce que ça serait d'être voyageur? me demanda-t-il.

Je pensai à Richard Halliburton, traversant les Alpes en éléphant et se baignant secrètement au clair de lune dans le bassin à nénuphars du Taj Mahal.

— Ça serait formidable, dis-je, parce que c'était l'expression utilisée par Chris comme éloge suprême. C'est ce que je ferai un jour.

Il ne dit pas, comme j'eus un instant peur qu'il ne le fasse, que les filles ne pouvaient pas être voyageurs.

— Pourquoi pas? dit-il. Sûr que tu le seras, si tu veux vraiment. Tu vois, ma théorie, c'est qu'on peut faire vraiment tout ce qu'on veut à condition de le vouloir. Mais il faut se concentrer complètement. Il faut concentrer toutes ses capacités mentales sur ce but, et ne pas le perdre de vue une seconde. Si tu l'as constamment à l'esprit, alors il devient réel, tu vois? Mais regarde la plupart des gens : ils ne sont pas capables d'avoir un sou de concentration.

— Tu crois que je peux? demandai-je avidement, croyant que c'est à moi qu'il faisait allusion.

— Quoi? Oh, bien sûr. Bien sûr que tu peux. Naturellement.

Chris n'écrivit pas après son départ de Manawaka. Environ un mois plus tard, nous reçûmes une lettre de sa mère. Il n'était pas à Shallow Creek. Il n'était pas revenu. Il était descendu au premier arrêt du train après Manawaka, s'était fait rembourser son billet, et était allé jusqu'à Winnipeg dans un camion qui l'avait pris en stop. Il avait écrit à sa mère, mais sans donner d'adresse. Depuis, elle n'avait aucune nouvelle. Ma mère lut à mon père la lettre de tante Tess. Elle était trop inquiète pour se soucier de ma présence.

— Je ne sais pas ce qui lui a pris, Ewen. Il m'a toujours fait l'impression d'avoir la tête sur les épaules. Et s'il lui arrivait quelque chose? S'il se retrouvait sans un sou? Qu'est-ce que tu crois qu'on devrait faire?

— Qu'est-ce qu'on peut faire? Il a presque dix-huit ans. Il est assez grand pour savoir ce qu'il a à faire. Calme-toi, Beth, et essayons de trouver ce que nous allons dire à ton père.

— Seigneur, il faut réfléchir à ça aussi.

Je sortis sans qu'ils m'aient remarquée. Je marchai jusqu'à la colline au bout de la ville, et descendis dans la vallée, là où les chênes nains et les peupliers poussaient presque jusqu'aux rives de la Wachakwa. Je trouvai le chêne où nous étions allés en bande, l'été précédent, fumer des cigarettes faites de feuilles séchées et de bouts de papier journal. Je grimpai sur les premières branches et restai là un moment.

Je ne pensais pas consciemment à Chris. Je ne pensais à rien. Mais quand enfin je me mis à pleurer, je me sentis soulagée et je pus rentrer à la maison.

Chris me sortit de l'esprit après cela, avec une rapidité due aux autres événements de ma vie. Ma tante Edna, qui était secrétaire à Winnipeg, revint vivre à Manawaka parce que la compagnie d'assurances pour laquelle elle travaillait avait réduit son personnel et qu'elle ne pouvait pas trouver d'autre emploi. Son retour me plongea dans une joyeuse excitation, et je ne comprenais pas pourquoi ma mère, qui l'aimait autant que moi, ne partageait pas mes sentiments, loin de là. Puis il y eut la naissance de mon frère Roderick, et la même année, la mort de ma grand-mère Connor. Ces deux événements, si incroyables, si étranges, m'absorbèrent entièrement.

Quand j'eus onze ans, presque deux ans après son départ, Chris revint inopinément. Je le trouvai assis dans notre salon à mon retour de classe. Je ne pouvais admettre le fait que je l'avais presque oublié jusqu'à cet instant. Maintenant qu'il était de retour, qu'il était là pour de vrai, j'avais l'impression de l'avoir trahi en ayant cessé de penser à lui.

Il portait un costume de serge bleu marine. J'étais assez grande désormais pour remarquer qu'il n'était pas de bonne qualité et qu'il était élimé. À part ça, Chris n'avait pas changé : même sourire, même visage anguleux, presque décharné, mêmes yeux vifs.

— Comment se fait-il que tu sois là ? m'écriai-je. Où étais-tu, Chris ?

— Je suis voyageur. Tu te rappelles ?

Il était en effet voyageur. Une des significations de ce mot dans notre pays est voyageur de commerce. Chris vendait des aspirateurs. Ce soir-là, il apporta sa gamme d'appareils et nous fit une démonstration, qu'il accompagna de son boniment, pour que nous puissions voir quel effet ça faisait.

— Maintenant, regardez, Beth, dit-il en mettant l'appareil en marche et en parlant fort pour couvrir son vrombissement, voyez comme cela ressuscite notre vieux tapis ? Formidable, hein ?

— Merveilleux, dit ma mère en riant. Dommage que nous ne puissions pas nous en offrir un.

— Oh, se hâta de dire Chris, je n'essaie pas de vous en vendre un. C'est seulement pour vous montrer. Écoutez, il y a un mois seulement que je fais ce travail, mais j'ai l'impression que ça va marcher. Ou plutôt, j'en suis sûr. Prenez vos vieilles tapettes à tapis, Beth. Vous aurez beau vous escrimer dessus, votre tapis aura dix fois moins d'allure qu'avec mon aspirateur.

— Écoute, je ne veux pas avoir l'air…, intervint mon père, mais, bon sang, on ne peut pas dire que ce soit vraiment une invention récente, et nous ne sommes pas les seuls à ne pas pouvoir nous en payer un…

— C'est un appareil puissant, vous savez, insista Chris. Écoutez, Ewen, je n'ai pas l'intention de continuer longtemps. Mais un gars peut faire ça un an environ, et mettre de l'argent de côté, d'accord? Il y a des tas de gars qui se paient l'université de cette façon.

Il fallait que je dise quelque chose de vraiment fort, qui lui montrerait que j'adhérais à sa conviction passionnée.

— Je parie... je parie que tu en vendras mille !

Deux ans auparavant, cette déclaration se serait imposée d'elle-même, avec toute la force de l'évidence. Mais cette fois, quand j'eus parlé, je me rendis compte que je n'y croyais pas.

Quand Chris revint à Manawaka, il vendait des magazines. Il avait fait ses calculs : si une personne sur six s'abonnait au *Country Guide,* il pourrait se faire une centaine de dollars par mois. Nous ne sûmes pas ce qu'il advint de cette entreprise. Il ne resta même pas un mois à Manawaka. Quand il revint, c'était l'hiver. Tante Edna téléphona.

— Nessa? Écoute, mon chou, dis à ta mère de venir à tout prix. Chris est là, et père est en train de piquer une crise.

Cinq minutes après, sans même avoir pris le temps d'enfiler correctement nos couvre-chaussures, nous filions dans la neige, ma mère et moi, en nous trempant les pieds. Nous n'aurions pas dû nous en faire. Le temps que nous arrivions à la Maison de brique, grand-père Connor s'était retiré au sous-sol ; assis dans la chaise berçante à côté de la salamandre, il émettait par intermittence de sombres prophéties, tel un oracle souterrain. Ces proclamations tonitruantes faisaient tressaillir ma mère et ma tante, mais, comme d'habitude, Chris ne semblait pas entendre. Il était absorbé par les explications qu'il avait entrepris de nous donner sur le mécanisme qu'il tenait à la main. Celui-ci était muni d'une manivelle comme celle des machines à coudre d'autrefois.

— Vous attachez la pelote de laine ici, vous voyez ? Puis vous tournez cette manette, vous ajustez le levier, et vous voilà prêtes à y aller. Astucieux, hein ?

C'était une machine à tricoter. Chris nous montra les produits finis : des chaussettes d'homme en grosse laine, une paire grise et l'autre bordeaux. J'étais impressionnée.

— Formidable. Je peux essayer, Chris ?

— Bien sûr. Regarde, tu attrapes la poignée ici.

— Où l'as-tu eue ? demanda ma mère.

— Je l'ai louée. D'après mes calculs, je peux vendre ces chaussettes la moitié de ce qu'on les paierait dans un magasin, et elles sont de meilleure qualité.

— À qui vas-tu les vendre ? demanda tante Edna.

— Prends tous les hommes qui travaillent dehors : il leur faut de grosses chaussettes toute l'année, pas seulement en hiver. À mon avis, ce truc pourrait bien être une mine d'or.

— Pendant que j'y pense, dit ma mère, comment vont ta mère et le reste de la famille ?

— Ça va, dit Chris avec réserve. Ils ne manquent pas de bras, si c'est à ça que vous pensez. Mes sœurs ont leurs maris là-bas.

Puis il sourit, rejetant l'instant d'avant dans l'oubli, et plongea dans son sac.

— Hé, je ne vous ai pas montré : c'est pour toi, Vanessa, et cette paire est pour Roddie.

Mes chaussettes étaient cerise. Les toutes petites pour mon frère étaient turquoise.

Chris ne resta que pour dîner, puis il repartit à nouveau.

Après la mort de mon père, l'ordre du monde s'écroula. Les choses cessèrent d'être connues ou prévisibles. Pendant des mois, je vécus presque entièrement en moi-même, aussi quand ma mère me dit que Chris n'arrivait pas à trouver de travail, parce qu'il n'y avait plus du tout d'emplois, et qu'il avait dû retourner à Shallow Creek, cela ne me fit presque aucun effet. Mais cet été-là, ma mère décida que je devais partir en vacances. Elle espérait que cela me distrairait de la mort de mon père. Ce qui allait la distraire, elle, de sa mort, elle ne le dit pas.

— Tu aimerais aller à Shallow Creek une semaine ou deux ? me dit-elle. Je pourrais écrire à la mère de Chris.

Alors, comme un torrent, les images qui surgissaient autrefois dans mon esprit quand j'écoutais ses récits me revinrent en mémoire : la maison faite d'arbres vivants, le lac comme une mer où avaient habité des monstres, l'herbe qui brillait comme une grande vague verte lumineuse tandis que les chevaux caracolaient dans leur orgueilleuse splendeur.

— Oui, dis-je. Écris-lui.

Le chemin de fer ne passait pas par Shallow Creek, mais Chris vint me chercher à Challoner's Crossing. Il avait l'air différent, pas seulement plus maigre, mais… quoi, au juste ? Alors je vis que c'était parce qu'il avait le visage et le cou tannés, et qu'il portait des habits de travail et une chemise écossaise ouverte au cou. Je l'aimais ainsi. Peut-être le changement était-il moins en lui qu'en moi-même. J'avais treize ans maintenant et il y avait dans son apparence une virilité dont je n'avais pas conscience avant.

— Venez, princesse. La limousine est là.

C'était un chariot tiré par deux chevaux, comme je m'y attendais. Par contre, ils étaient différents de ce que j'avais imaginé. Le chariot était long et grossier, fait de lourdes planches, et les chevaux étaient des bêtes de trait, aux pattes épaisses, qui formaient un attelage mal assorti. La jument était courtaude et trapue, imposante comme une matrone. Le hongre était très grand et efflanqué, et il boitait.

— Permets-moi de faire les présentations. Floss, Soldat, voici Vanessa.

Pendant les deux semaines que je passai là, il ne fit pas une seule fois allusion aux autres chevaux, Duchesse et Luciole. Moi non plus. Je pense qu'inconsciemment je savais depuis quelques années qu'ils n'avaient jamais existé que dans une autre dimension.

Shallow Creek n'était pas un bourg : rien qu'un nom sur une carte. Il y avait une école primaire à quelques milles, c'est tout. Il fallait aller à Challoner's Crossing pour les provisions. Nous arrivâmes à la ferme et Chris me fit traverser la cour, où se pressaient des vaches désœuvrées et des chiens aux allures de loup qui me faisaient faire des bonds de panique.

Il était parfaitement exact que la maison était faite d'arbres. C'était une cabane de bonne taille mais vieille, bâtie en troncs de peuplier colmatés avec de la boue. Il y avait un étage, ce qui n'était pas si fréquent dans le coin, avec trois chambres. Je devais partager l'une d'entre elles avec la sœur de Chris, Jeannie, qui était un peu plus jeune que moi. C'était une fille aux yeux pâles, qui était trop timide pour me parler ou qui n'avait rien à me dire : je ne sus jamais laquelle des deux hypothèses était la bonne, parce que j'étais moi-même très réservée à son égard, prise entre l'envie de la repousser, de nier son existence, et un remords scandalisé devant ces sentiments inavouables.

Tante Tess, la mère de Chris, avait des manières rébarbatives tout en cherchant désespérément à se montrer gentille, ce qui l'amenait à faire des ouvertures qui étaient soit ignorées soit repoussées par ses filles aînées et leurs maris monosyllabiques. Les enfants entraient et sortaient constamment de la maison comme des bancs de poissons indéfinissables. Je ne comprenais pas comment tant de gens pouvaient vivre là, sous ce toit, mais j'appris que ce n'était pas le cas. Les filles mariées avaient chacune leur propre maison, à côté, mais une sorte de vie communautaire se poursuivait. Ils se chamaillaient sans cesse, mais ils ne pouvaient pas se quitter, ne fût-ce qu'une journée.

Chris ne participait pas à tout cela, pas du tout. Quand il parlait, c'était habituellement aux enfants, et ils le suivaient souvent dans la cour ou la grange, sans le harceler, mais en marchant derrière lui en groupes de trois ou quatre. Il ne leur disait jamais de s'en aller. Je l'aimais pour cette raison, mais cela m'énervait aussi. J'aurais voulu qu'il réponde du tac au tac à ses sœurs, ou qu'il leur dise de débarrasser le plancher, ou même qu'il crie après un des enfants. Mais il ne le faisait jamais. Il s'isolait de toutes ces voix querelleuses comme il le faisait autrefois des mots blessants de grand-père Connor.

La maison n'avait pas de moustiquaires aux portes ni aux fenêtres, et aux repas, les mouches étaient si nombreuses que la nourriture disparaissait sous le grouillement des corps bleu nuit aux ailes irisées. Personne ne remarqua ma nausée à part Chris, la seule personne à qui j'aurais vraiment voulu la dissimuler.

— Évente avec ta main, me murmura-t-il.

— Ça va, dis-je rapidement.

Pour la première fois depuis tant d'années que nous nous connaissions, nous fûmes incapables de nous regarder dans les yeux. Autour de la table, les enfants pleurnichaient et se battaient jusqu'à ce que la sœur aînée de Chris, exaspérée, finisse par hurler : «Taisez-vous, taisez-vous, taisez-vous. » Chris se mit alors à me poser des questions sur Manawaka, comme si de rien n'était.

Il fallait commencer les foins, et Chris annonça qu'il allait camper dans le bosquet près des prairies. C'était pour éviter le long trajet en chariot tous les matins, expliqua-t-il, mais je sentis que ce n'était pas la vraie raison.

— Je peux y aller aussi ? suppliai-je.

Je ne pouvais pas supporter l'idée de vivre dans cette maison, avec tous ces gens que je ne connaissais pas, si Chris n'était pas là.

— Je ne sais pas…

— S'il te plaît, Chris, s'il te plaît. Je ne te gênerai pas du tout. Je te promets.

Il finit par accepter. Nous partîmes dans la grande charrette à foin, dont les côtés de planches disjointes brinquebalaient et dont les vieilles roues grinçaient en cahotant. La route étroite était en terre battue, et tout autour poussaient des petits buissons de roses sauvages, de bleuets, de saules aux feuilles argentées. Nous dépassions parfois un bosquet de peupliers aux feuilles pâles et une fois, un carouge s'envola des branches dans le bleu du ciel chaud et poussiéreux.

Puis nous y fûmes. Les champs de foin s'étendaient à côté du lac. C'était la première fois que je voyais l'eau qui avait enfanté des sauriens géants, il y avait si longtemps. Chris mena la charrette à travers les champs de hautes herbes presque jusqu'au bord du lac. Il n'y avait pas de rive, rien que des joncs verts comme des prairies flottantes où nichaient les oiseaux aquatiques. Au-delà des roseaux ondulants s'étendait le lac sans limites, profond, gris-vert, au loin, à perte de vue.

Aucun mot humain ne pourrait le décrire. Le lac n'était pas solitaire ou sauvage. Ces mots impliquent une relation avec les hommes, et il n'y avait rien d'humain dans cet endroit. Rien qui évoque un sentiment. Il existait dans un monde où l'homme n'était pas encore né. Je regardai les étendues grises du lac et me sentis menacée. Il était comme l'image que j'avais de Dieu depuis la mort de mon père. Distant, indestructible, totalement indifférent.

Chris avait sauté de la charrette à foin.

— On ne va pas camper *ici,* n'est-ce pas? demandai-je d'une voix suppliante.

— Non, je veux seulement faire boire les chevaux. On va camper là-bas sous les arbres.

Je regardai.

— C'est encore très près du lac.

— Ne t'en fais pas, tu n'auras pas les pieds mouillés, dit-il en riant.

— Ce n'est pas ce que je voulais dire. Chris me regarda.

— Je sais. Mais essayons d'être un peu plus courageux et de ne pas nous laisser aller, hein? C'est nécessaire.

Chris travailla tant qu'il fit jour, pendant que je regardais le ciel, couchée sur une meule de foin à moitié faite. L'air bleu tremblait et vibrait dans la brume de chaleur, et le foin sur lequel j'étais couchée sentait l'herbe, la poussière et la menthe sauvage.

Le soir, Chris mena à nouveau les chevaux au lac, puis il conduisit la charrette jusqu'à l'orée du bosquet et nous étendîmes nos couvertures en dessous. Il fit un feu et nous réchauffâmes du café et une boîte de ragoût, puis nous nous couchâmes sans nous laver ni nous déshabiller. C'est seulement quand je fus inconfortablement roulée dans la couverture rugueuse que je ressentis l'étrangeté d'être là, avec Chris à un mètre de moi, une gêne que je n'aurais pas éprouvée l'année précédente. Je ne pense pas qu'il ait senti cette gêne sexuelle. S'il voulait que je ne sois pas une enfant – et c'était le cas – ce n'était pas parce qu'il voulait que je sois une femme. C'était autre chose.

— Tu dors, Vanessa? demanda-t-il.

— Non. Je crois que je suis couchée sur une racine.

— Tu n'as qu'à changer de position. Écoute, je n'ai rien dit avant, parce que je ne savais pas vraiment quoi dire, mais… tu sais ce que m'a fait la mort de ton papa, et tout ça, hein?

— Oui, dis-je d'une voix étouffée. Ne t'en fais pas. Je sais.

— Il m'arrivait parfois de discuter avec Ewen. Il ne voyait pas où je voulais en venir, en général, mais il écoutait toujours, tu sais. Des types comme lui, on n'en trouve pas beaucoup.

Nous restâmes silencieux un moment.

— Regarde, finit par dire Chris. As-tu jamais remarqué comme les étoiles sont plus brillantes quand on est complètement à l'écart des maisons? Même les lampes, là-bas, à la ferme, émettent une lueur qui empêche de voir clairement comme ici. À quoi elles te font penser, Vanessa?

— Eh bien…

— Sans doute que la plupart des gens n'y pensent pas beaucoup, sauf peut-être pour dire : «Très joli» ou un truc de ce genre. Mais en fait, ça n'a rien à voir. Les étoiles et les planètes, en elles-mêmes, sont tout autre chose, elles ne sont pas «jolies», bon sang! Elles sont grandioses. Certaines sont brûlantes. Imagine ces pures boules de feu filant à travers l'espace. Ou celles qui sont complètement mortes : juste du roc ou de la glace, aucune chaleur. Il doit bien y en avoir quand même qui portent des êtres vivants. On se demande à quoi ils peuvent bien ressembler, et ce qu'ils ressentent. Nous, on ne saura jamais. Mais quelqu'un saura un jour. J'en suis sûr. Tu penses quelquefois à ce genre de choses?

Il avait vingt et un ans. La distance entre nous était encore trop grande. Pendant des années, j'avais souhaité être plus vieille pour pouvoir parler avec lui, mais maintenant je ne me sentais pas prête.

— Quelquefois, répondis-je avec hésitation, en donnant au mot, par mon intonation, le sens de «jamais».

— En général, poursuivit Chris, les gens disent qu'il doit exister un dieu, parce qu'autrement, comment l'univers pourrait-il exister? Mais c'est ridicule. Si les étoiles et les planètes existent pour l'éternité, elles peuvent aussi bien exister depuis toujours, sans raison. Peut-être qu'elles n'ont jamais été créées. Quelle autre solution? Croire en un dieu qui est une brute. Que pourrait-il être d'autre? Il suffit de regarder autour de soi. Ce serait une insulte envers lui de croire en un dieu comme ça. La plupart des gens n'aiment pas parler de ce genre de choses; ils sont gênés. Ou alors, ça ne les intéresse pas. Ça m'est égal, je peux toujours penser par moi-même. On n'a pas vraiment besoin de quelqu'un à qui parler. Mais à propos de Dieu, s'il y a une guerre, comme ça paraît probable, les gens diront-ils que c'était sa volonté? Quel genre de dieu jouerait un tour pareil? Et pourtant, tu sais, il y aura plein de gens pour penser que c'est un don du ciel, et qui peut leur donner tort? Ça serait du travail, et on se promènerait, on verrait du pays.

Il s'interrompit, comme s'il attendait ma réponse. Quand il vit que rien ne venait, il reprit son discours:

— Un jour, Ewen m'a parlé de la dernière guerre. Il en discutait rarement, mais cette fois-là, il m'a parlé des chevaux dans la boue, qui disparaissaient littéralement, tu sais? Et de leur regard quand ils comprenaient qu'ils n'en sortiraient pas. Tu as déjà vu les yeux des chevaux quand ils ont peur, je veux dire vraiment fous de peur, comme dans un incendie de forêt? Ewen disait que les gars essayaient de se concentrer sur les chevaux parce qu'ils n'osaient pas penser à ce qui arrivait aux hommes. Y compris à eux-mêmes. Tu écoutes parfois les nouvelles, Vanessa?

— Je...

Je sentais seulement comme je devais avoir l'air idiote, encore incapable de répondre comme j'aurais voulu, avec intelligence. J'avais le sentiment d'avoir lamentablement échoué. Je n'étais même pas capable de dire ce que je savais. Quant au reste, à ce que je ne connaissais pas, j'en voulais à Chris de me forcer à y penser. Pour échapper à la situation, je fis semblant de dormir, et au bout d'un moment, Chris cessa de parler.

Chris quitta Shallow Creek quelques mois après le début de la guerre, et s'engagea. Après l'entraînement de base, il fut envoyé en Angleterre. Nous n'eûmes pas de nouvelles pendant un an environ; puis une lettre arriva pour moi.

— Vanessa, qu'est-ce qui ne va pas? me demanda ma mère.

— Rien.

— Ne mens pas, dit-elle fermement. Qu'est-ce que Chris dit dans sa lettre, mon chat?

— Oh, pas grand-chose.

Elle me jeta un regard curieux et s'en alla. Jamais elle n'aurait exigé de voir la lettre. Je ne la lui montrai pas et elle n'en reparla pas.

Six mois après, ma mère reçut des nouvelles de tante Tess. Chris avait été renvoyé chez lui et réformé pour dépression nerveuse. Il était maintenant à l'hôpital psychiatrique provincial et on ne savait pas combien de temps il devait y rester. Il avait été violent, mais il ne l'était plus. Il était, avaient dit les médecins à sa mère, passif.

Violent. Il m'était impossible d'associer ce mot à Chris, qui avait été exactement le contraire. Je ne supportais pas d'imaginer l'angoisse qui l'avait plongé dans une angoisse encore plus grande. Mais ce qu'il était maintenant semblait presque pire. Dans quel état pouvait-il bien être? Assis, immobile, dans une robe de chambre grise d'hôpital, le visage sans vie et le regard vide?

Ma mère avait beaucoup d'affection pour lui, mais ce n'est pas à lui qu'elle pensa en premier.

— Quand je pense à toi, allant à Shallow Creek cet été-là, et partant camper avec lui. Tout ce qui aurait pu arriver…

Moi aussi, je pensais à ce qui aurait pu arriver. Mais nous ne pensions pas à la même chose. Pour la première fois, je mesurai, au moins un peu, l'intensité du besoin de parler qu'il avait eu ce soir-là. Il devait avoir parfaitement compris à quel point c'était impossible avec quelqu'un de treize ans. Mais il n'y avait personne d'autre. Tous les choix de sa vie s'étaient rétrécis, de plus en plus. Il avait été forcé de retourner au lac étrange de son enfance, et quand enfin il avait vu un moyen de partir, cela n'avait pu être que pour plonger dans un chaos qui l'angoissa encore plus qu'il ne l'avait imaginé. J'avais écouté ses mots, mais je ne les avais pas vraiment entendus jusqu'à ce moment-là. Cela n'aurait pas changé grand-chose à ce qui était arrivé par la suite, mais j'aurais aimé que ce ne soit pas trop tard pour le lui dire.

Un jour, au cours de vacances où j'étais revenue de l'université, ma mère me demanda de l'aider à ranger le grenier. Nous triâmes des boîtes pleines de rebuts, de vieux vêtements, de livres de classe, de tout le bric-à-brac qui avait autrefois représenté des trésors. Dans une des boîtes, je trouvai la selle miniature que Chris m'avait fabriquée tant d'années auparavant.

— As-tu eu des nouvelles récemment? demandai-je. J'avais honte de ne pas lui avoir posé cette question plus tôt.

Elle leva les yeux vers moi.

— Toujours pareil. C'est toujours pareil. Ils ne pensent pas qu'il y aura beaucoup d'amélioration.

Puis elle se détourna.

— Il était toujours si... plein d'espoir. Même quand il n'y avait aucune raison d'espérer. C'est ce que je trouve si étrange. Il *paraissait* si plein d'espoir, tu ne trouves pas?

— Ce n'était peut-être pas de l'espoir.

— Que veux-tu dire?

Je ne savais pas bien moi-même. Je pensais à toutes les affaires dans lesquelles il s'était lancé, à celles qui étaient d'avance vouées à l'échec, aux solutions irréalistes auxquelles il s'était accroché parce qu'il n'y en avait pas d'autres, à toutes ces trouvailles courageuses et inutiles destinées à combattre une dépression qui était à la fois la sienne et celle du monde entier.

—Je ne sais pas, dis-je. Je pense seulement que les choses ont toujours été plus difficiles pour lui qu'il ne le laissait voir, c'est tout. Tu te souviens de cette lettre?

— Oui.

— Eh bien, ce qu'elle disait, c'est qu'ils pouvaient forcer son corps à marcher au pas et même à tuer, mais que ce qu'ils ne savaient pas, c'est qu'il les avait trompés. Il ne vivait plus à l'intérieur de son corps.

— Oh, Vanessa, tu as dû deviner à ce moment-là.

Oui, mais…

Je fus incapable de poursuivre, de dire que cette lettre ne me semblait que l'aboutissement pathétique de la méthode qu'il avait toujours adoptée: se distancier de la souffrance intolérable du combat.

Je ramassai la selle minuscule et la retournai dans ma main.

— Regarde. Sa marque, le nom de son ranch, le Criss-Cross.

— Quel ranch? demanda ma mère, éberluée.

— Celui où il gardait ses chevaux de course, Duchesse et Luciole.

Quelques mots me revinrent à l'esprit, un vers d'un poème que j'avais entendu autrefois. Je savais qu'il se rapportait à un amant qui ne voulait pas que le matin vienne, mais pour moi, il avait un autre sens, une pertinence différente.

Doucement, doucement, chevaux de la nuit…

C'est ainsi que la nuit doit avancer pour lui, doucement, jour et nuit. Je ne pouvais pas savoir si le pays à travers lequel il cheminait était peuplé de créatures terrifiantes, des vieux monstres qui régnaient jadis sur le lac, ou s'il avait enfin découvert une façon de perpétuer le rêve dont il ne pouvait se passer.

Je reposai la selle dans le carton, doucement, impitoyablement.

LE BÂTARD DE HUSKY

Quand le chariot de Peter Chorniuk entra en bringuebalant dans notre cour en ce jour de septembre, je n'imaginais pas que cette visite serait différente de toutes les autres. Peter Chorniuk vivait à Galloping Mountain, à une centaine de milles au nord de Manawaka, et c'était l'un des rares hommes auxquels on pouvait encore acheter du bouleau, car cet arbre se faisait rare. Chaque automne, il descendait à Manawaka et en apportait un chargement pour notre salamandre. Le bouleau brûlait mieux que le peuplier, mais coûtait cher, et nous ne pouvions nous en offrir qu'un seul chargement, aussi mon grand-père brûlait-il un mélange de bois. Je regardai l'homme arrêter l'attelage et grimper à l'arrière du chariot, puis commencer à décharger le bois. L'écorce d'un blanc poudreux était encore sur les troncs, déchirée par endroits, laissant voir le roux pâle de l'écorce interne. Les bûches faisaient entendre un bruit mat au fur et à mesure qu'il les jetait au sol. Plus tard, mon grand-père et moi devrions les rentrer à l'intérieur. Le peuplier plébéien était conservé à l'extérieur, mais on entreposait le bouleau au sous-sol.

J'étais couchée sur le toit de l'atelier, à lire. Une énorme épinette poussait à côté de l'atelier, et les branches descendaient en éventail jusqu'au toit, cachant quiconque s'y perchait. J'avais quinze ans, et je n'avais plus l'âge de grimper sur les toits, disait ma mère.

— Bonjour, monsieur Chorniuk, appelai-je.

Il leva les yeux vers moi, et j'écartai les branches d'épinette pour lui faire signe de la main. Il sourit.

— Bonjour, Vanessa. Écoute, tu veux un chien?

— Quoi, Natacha a encore eu des chiots?

— Eh oui, pas moyen d'arrêter Natacha. C'est sa cinquième portée. Cette fois, elle s'est commise avec un husky.

— Oh, m'exclamai-je, impressionnée. Les chiots sont à moitié husky? À quoi ressemblent-ils?

— Viens voir. Je t'en ai apporté un.

Je me laissai glisser en vitesse jusqu'à la barrière puis jusqu'au sol. Le chiot reposait dans un carton à l'avant du chariot. Il était tout jeune et tout rond, avec une fourrure courte et douce, presque comme du duvet de poussin. Il était noir, comme Natacha, mais avec une collerette blanche à la gorge et des marques blanches sur la tête. Quand je le pris dans mes bras, il eut l'air contrarié et il se mit à gigoter pour essayer de s'échapper, puis il se calma et me renifla les mains pour voir si mes intentions étaient amicales.

— Je peux vraiment l'avoir?

— Bien sûr. Tu me rendras service. Qu'est-ce que je vais faire avec mes six chiots? Dans la montagne, les gens ont tous les chiens qu'il leur faut. Je suis incapable de les noyer. Ma femme dit que je suis fou. Mais pour moi, ce serait comme de noyer un enfant, pour te dire la vérité. Ta maman te permettra de le garder?

— Oh oui, elle sera d'accord, *elle*. Mais…

— Tu crois que *lui,* il ne sera pas d'accord?

M. Chorniuk faisait allusion à grand-père Connor. Ma mère, mon frère et moi vivions dans la Maison de brique avec mon grand-père depuis la mort de mon père.

— Eh bien, on va le savoir, dis-je. Le voilà.

Grand-père Connor arrivait de la maison à grands pas. Il approchait de ses quatre-vingt-dix ans, mais il marchait en se tenant très droit, portant son corps massif avec une énergie qui était en partie physique et en partie pure détermination. Il attribuait sa forme, superbe pour un homme de son âge, à un labeur incessant et à de bonnes habitudes. Il ne touchait ni au tabac ni à l'alcool, méprisait les cartes et fondait sa consommation exclusive de thé sur la parole du Tout-Puissant selon laquelle le vin est source d'égarement et l'alcool folie furieuse. C'était une chaude journée, les feuilles des érables du Manitoba viraient au citron clair et le soleil de la fin d'après-midi faisait miroiter les fenêtres de la Maison de brique comme du papier d'argent, mais mon grand-père portait son chandail gris boutonné jusqu'au cou. Il avait son air habituel de mécontentement, mais son visage restait beau : traits lourds et puissants, nez busqué, yeux d'un bleu glacé comme des ombres neigeuses.

— Eh bien, Peter, vous avez apporté le bois.

C'était son habitude d'entamer les conversations en énonçant une évidence, de façon

219

à ce qu'on ne puisse qu'être d'accord avec lui.

— Oui, le voilà.

— Ça sera combien cette fois? demanda grand-père Connor.

M. Chorniuk lui dit le prix et l'accablement se peignit sur le visage de mon grand-père. Il n'avait jamais accepté de ne pas payer les choses le même prix que quarante ans auparavant, aussi vivait-il dans la certitude permanente d'être roulé. Il commença à discuter, et M. Chorniuk prit l'air totalement absent. C'est alors que mon grand-père remarqua le chien.

— Qu'est-ce que tu as là, Vanessa?

— M. Chorniuk dit que je peux l'avoir, grand-père. Je peux? Je promets de m'en occuper moi-même. Il ne poserait aucun problème.

— Nous ne voulons pas de chiens dans la maison. Ils font des saletés et des dégâts. Tu ne ferais que du travail supplémentaire pour ta mère. Tu pourrais penser à elle, pour une fois.

— Et si elle dit que je peux? persistai-je.

— Il n'y a pas de si, décréta-t-il sans appel.

— À moitié husky, celui-ci, dit M. Chorniuk, venant à ma rescousse. Il ferait un bon chien de garde. Et pas de souci de chiots. C'est un mâle.

— Un husky! s'exclama grand-père Connor. Je me méfie de ces bêtes-là comme de la peste. Il mettrait Roddie en pièces, pour sûr.

Mon frère Roderick avait cinq ans et demi et raffolait des animaux, fis-je remarquer. Je discutais avec passion et emportement, sans plus de tact que mon grand-père lui-même, lorsque Roddie et ma mère arrivèrent dans la cour. Mon frère, saisissant rapidement la situation, joignit ses supplications aux miennes.

— Oh, grand-père, s'il vous plaît.

— Maman, est-ce que je peux? suppliai-je. Je m'en occuperai. Tu n'auras absolument rien à faire. Je te le jure.

Ma mère était toujours déchirée entre ses enfants et le désir de ne pas provoquer mon grand-père.

— Pour ma part, je n'ai aucune objection, dit-elle avec hésitation, mais…

Ce qui amena finalement mon grand-père à changer d'avis, à l'encontre de son habitude, fut le temps que cette histoire lui faisait perdre.

— Emporte-moi cette sale bête, Vanessa, pour l'amour du ciel, ou le bois ne sera pas déchargé avant demain matin. Mais attention, il devra rester au sous-sol. Si je l'attrape dans le reste de la maison, tu devras t'en débarrasser, c'est bien compris?

— Oui, oui.

Je filai avec le chiot, suivie de mon frère.

Le chiot explora le sous-sol, reniflant la caisse de pommes sur le plancher, s'enfouissant derrière les sacs de pommes de terre et de navets, tombant sur ses petites pattes maladroites de bébé dans ses efforts pour tout découvrir à la fois. Roddie et moi nous amusâmes à le regarder, puis je le ramassai pour lui faire essayer son nouveau lit, et dans son excitation, il mouilla la couverture.

— Comment on va l'appeler, Vanessa? Je réfléchis. Puis le nom me vint.

— Nanouk.

— *Na-nouk?* Ce n'est pas un nom.

— C'est un nom eskimo, crétin, dis-je brutalement.

— Vraiment?

— Bien sûr. (En fait, je n'en savais strictement rien.) Tout le monde sait ça.

— Tu te crois toujours intelligente, dit mon frère, vexé.

— Qu'est-ce que tu proposes, alors? demandai-je sur un ton sarcastique.

— Je pensais à Laddie.

— Laddie! Quoi! Un vieux nom idiot comme ça?

Je me rendis compte que dans ma voix résonnait l'écho alarmant de celle de mon grand-père, et j'adoucis ma réponse.

— Écoute, Laddie, ça va pour un colley ou un chien de ce genre, mais celui-ci doit avoir un nom eskimo parce que son père est un husky, tu comprends?

— Ouais, peut-être. Viens, Nanouk!

Le chiot ne leva même pas la tête. Il semblait trop jeune pour avoir un nom, quel qu'il soit.

Harvey Shinwell nous livrait les journaux. C'était un garçon d'environ seize ans, solidement bâti, avec des sourcils sans couleur et un visage blafard et boutonneux. Après l'école, il allait chercher les journaux à la gare et les livrait avec sa vieille bicyclette. C'était quelqu'un qui avait toujours été là et que je n'avais jamais réellement vu. Jusqu'à cet hiver.

Nanouk courait librement dans le jardin, mais on gardait les portails fermés. La palissade était haute, et les pieux étaient fichés profondément dans le sol, si bien qu'il ne pouvait ni sauter par-dessus, ni creuser en dessous. Je l'emmenais promener, mais sinon, il restait dans le jardin. Cela n'impliquait pas trop de restriction de mouvements parce que notre jardin mesurait près d'un acre.

Un jour, je revins de l'école juste au moment où Harvey Shinwell s'était avancé jusqu'au portail pour jeter le *Free Press* de Winnipeg sur notre galerie. Il ne remonta pas immédiatement sur sa bicyclette. Il se tenait devant le portail, et en m'approchant sur le trottoir, je pus voir ce qu'il faisait.

Il tenait à la main un petit bâton pointu et le passait à travers les barreaux du portail. De l'autre côté se trouvait Nanouk, qui n'avait que quatre mois, mais grondait comme je ne l'avais jamais entendu. Il essayait d'attraper le bâton avec les dents, mais Harvey le retirait trop vite. Puis Harvey l'enfonça à nouveau ; et cette fois, il attrapa Nanouk en pleine gueule. Le chien gémit de douleur, mais ne se retira pas. Il revint à la charge, essayant d'attraper le bâton, et une

fois de plus, Harvey, avec une froide délibé-
ration, lui enfonça le javelot dans le corps.

— Tu es fou! hurlai-je. Laisse mon chien
tranquille, tu entends?

Harvey me regarda avec un sourire léthargique et remonta sur sa bicyclette.

— Il a essayé de me mordre. Il est dangereux.

— C'est pas vrai! criai-je, folle de rage. J'ai
tout vu!

— Pourquoi tu cours pas dire ça à ta mère,
alors? demanda Harvey en prenant une voix
de crécelle.

J'entrai dans la cour et m'agenouillai dans
la neige auprès de Nanouk. Il devenait trop
gros pour que je le soulève. Il semblait avoir
oublié le bâton. Il m'accueillit comme d'habitude, en sautant et en attrapant doucement
mon poignet entre ses mâchoires : il faisait
semblant de mordre, mais s'y prenait avec
une telle délicatesse que jamais ses dents ne
laissaient la moindre trace.

Moi aussi, alors, j'oubliai le bâton. Nanouk
posait déjà assez de problèmes à cause de
mon grand-père. Leurs chemins se croisaient
rarement, mais c'était grâce au talent d'organisation de ma mère, qui déplaçait constamment le chien pour le mettre là où mon
grand-père n'était pas. Elle se plaignait parfois avec irritation de cette responsabilité
supplémentaire : «Si j'avais su tout le travail
que me donne cette bête, Vanessa, je n'aurais
jamais accepté», etc. Alors, je me sentais
blessée et je lui en voulais : je supportais mal

d'être responsable des tracas que lui occasionnait le chien.

— C'est bon, donne-le, tempêtais-je. Je m'en fiche. Fais-le chloroformer.

— C'est peut-être ce que je ferai un jour, répondait froidement ma mère, et ça t'apprendrait à parler comme une folle et à dire des choses que tu ne penses pas.

Nous étant ainsi mutuellement fait plus peur que nous ne l'avions voulu, nous cédions toutes deux.

— Il est vraiment très gentil, reconnaissait ma mère. Et il tient compagnie à Roddie pendant la journée.

— Tu es sûre ? (Aucune déclaration ne suffisait jamais à me rassurer.) Tu es sûre que tu ne préférerais pas…

— Mais bien sûr. Tout ira bien, Vanessa. Ne nous tracassons pas.

— Bon, d'accord. On arrête de se tracasser.

Et nous continuions toutes deux à nous tracasser continuellement.

Quelques mois après, j'arrivai de nouveau à la maison au moment où Harvey livrait le journal. Cette fois, je le vis d'assez loin, et je m'approchai doucement, frôlant les haies de pois de Sibérie pour me cacher. Il avait la moitié d'un beignet dans une main, et dans l'autre une enveloppe blanche. Il tenait le beignet à travers la grille de fer, et quand Nanouk s'approcha du portail, il ouvrit l'enveloppe.

Nanouk hurla. Le son fut si brutal et si violent que le souffle me remonta dans les poumons. Je me demandai combien de fois il avait été torturé. Je sentis tout le poids de ma négligence. J'aurais dû prendre les choses au sérieux avant. J'aurais dû surveiller.

Harvey repartit. Quand je me fus approchée de Nanouk et que je l'eus suffisamment calmé pour pouvoir le toucher, je trouvai des traces de poivre autour de ses yeux encore clos.

Chaque fois que j'imaginais une contre-attaque, ma rage m'entraînait dans les fantasmes : Harvey, tombé au plus profond de la Wachakwa et ne sachant pas nager, et Nanouk, en mesure de le sauver et n'attendant qu'un signal de moi. Le donnerais-je ou non ? Quelquefois, je laissais Harvey se noyer. D'autres fois, je lui sauvais la vie à la dernière minute : c'était plus satisfaisant que sa mort, car cela me permettait de me sentir magnanime tout en jouissant d'une vengeance perpétuelle grâce aux paroles de remords que bredouillait Harvey. Mais rien de cela ne servait à grand-chose, sinon sur le moment, et quand le vide se faisait à nouveau dans le théâtre flamboyant de mon imagination, je ne savais toujours pas quoi faire dans la réalité.

Je ne dis rien à ma mère. Je n'avais pas le courage d'affronter le regard d'égarement épuisé qu'elle aurait en se voyant confrontée à un nouveau problème qu'elle serait censée résoudre mais qui la laisserait tout aussi perplexe que moi. De plus, je ne pouvais oublier ce qu'avait dit Harvey : « Pourquoi tu cours pas dire ça à ta mère ? » Je pris l'habitude de rentrer de l'école à toute allure pour arriver la première. Je pensais qu'il ne ferait rien en ma présence.

Harvey lança habilement le journal, qui atterrit sur la galerie juste à côté de moi. J'étais assise sur la marche du haut. Nanouk se tenait près du portail. Je l'appelai mais il ne parut pas entendre.

Nanouk avait maintenant huit mois et sa croissance était terminée. Il avait considérablement changé. Sa fourrure noire avait poussé et durci, perdant sa qualité duveteuse, mais gagnant un merveilleux brillant. Elle faisait des vagues soyeuses sur ses épaules puissantes qui révélaient le sang husky. La collerette blanche de sa gorge et de sa poitrine était comme la crinière d'un lion. Il avait les oreilles dressées et les yeux bridés d'un husky, et ses mâchoires étaient celles d'un loup.

Il grondait maintenant, d'un grondement lent et profond. C'était plus qu'un avertissement : une déclaration ouverte d'hostilité. Il n'essayait pas de passer par-dessus le portail. Il restait un peu à distance, les babines retroussées dans un rictus diabolique que je n'avais vu que sur les images d'autres chiens de sa race, jamais sur lui. Harvey me jeta un coup d'œil et grimaça un sourire. Il savait qu'il était en sécurité de l'autre côté de la barrière. Puis, avec une rapidité qui me prit au dépourvu, il sortit une fronde. La pierre partit avant que je sois parvenue au portail. Elle frappa Nanouk à la gorge, là où sa fourrure était épaisse. Elle ne lui fit pas grand mal, mais le rendit fou furieux. Il se jeta contre les barreaux du portail. Harvey s'éloignait déjà sur sa bicyclette !

Je saisis la poignée du portail. À mes côtés, Nanouk manifestait le désir frénétique de sortir. Il aurait probablement pu rattraper la bicyclette.

Je regardai la tête méconnaissable de Nanouk, sa fourrure dressée le long de son dos, ses yeux fous. Ma main referma le portail. Je retournai à la maison sans regarder le chien. J'allai dans ma chambre. Je n'avais envie ni de parler, ni de voir personne. Je venais de comprendre une chose pour la première fois : Nanouk avait la force musculaire et les moyens de tuer un homme. À cette seconde-là, je n'avais pas été sûre qu'il ne le ferait pas.

Maintenant, j'étais obligée de mettre ma mère au courant. Désormais, elle essaya de garder Nanouk à la maison quand Harvey livrait le journal. Mais il y avait toujours quelque chose qui n'allait pas. Grand-père Connor faisait sortir le chien, sous prétexte qu'il donnait une mauvaise odeur à la maison. Ou ma mère oubliait, et s'excusait, ce qui pour moi était pire que si elle n'avait rien dit.

J'essayais de rentrer de l'école de bonne heure, mais souvent j'oubliais et j'allais avec mes amies au café Régal écouter le jukebox et boire un café. Les jours où j'y pensais et où j'enfermais Nanouk en sécurité dans le sous-sol, je guettais par l'oriel du salon jusqu'à ce qu'Harvey dépose le journal sur la galerie. Il regardait à travers le portail, et parfois même il rangeait sa bicyclette et attendait un moment pour être sûr que le chien n'était pas là. Puis, haussant exagérément les épaules, comme s'il se savait observé, il s'éloignait, le visage sans expression.

Quand j'étais en retard, mon frère me faisait parfois son rapport.

— Nanouk était dehors aujourd'hui, Vanessa, me dit-il un après-midi. Maman n'était pas à la maison. Et il n'a pas voulu venir quand je l'ai appelé.

— Qu'est-ce qui est arrivé ?

— Harvey… il a enflammé tout un paquet d'allumettes et les a fait tomber. Je suis allé chercher de l'eau après, et je l'ai versée sur la tête de Nanouk. Il n'a pas été beaucoup brûlé, je te jure.

J'avais cessé d'élaborer ces rêves compliqués dans lesquels je condamnais ou épargnais magnanimement Harvey. Ce que je ressentais maintenant était d'une extrême simplicité. Je voulais lui faire du mal, par n'importe quel moyen.

Je demandai à ma mère si nous pouvions aller voir la police pour qu'Harvey reçoive un avertissement. Mais elle me répondit qu'à son avis, persécuter les chiens ne tombait sans doute pas sous le coup de la loi et que de toute façon, elle appréhendait de s'adresser à la police pour quelque motif que ce soit.

Puis, de façon inattendue, Harvey fit notre jeu.

Je possédais une longue-vue qui avait autrefois appartenu à un ancêtre MacLeod engagé dans la Marine royale. Elle était en cuivre et se composait de trois sections qui s'emboîtaient l'une dans l'autre; la partie la plus longue était gainée d'un cuir sombre qui portait les éraflures et les marques intéressantes de Dieu sait quelles batailles ou expéditions dans des eaux dangereuses. Les lentilles étaient encore en parfait état et si on s'asseyait dans une des épinettes, on pouvait voir tous les détails des maisons deux rues plus loin. J'étais trop vieille maintenant pour grimper aux arbres et espionner, mais mon frère le faisait souvent. Un jour, je le trouvai qui m'attendait sur la galerie.

— Vanessa, éclata-t-il, la longue-vue a disparu.

— Si tu l'as perdue, Roddie MacLeod, je te…

— C'est pas moi, cria-t-il. Je l'ai laissée sur la pelouse près du portail, rien qu'une minute, le temps d'aller chercher ma corde pour grimper. C'est Harvey qui l'a prise. Je te jure, Vanessa, je l'ai vu partir au moment où je sortais. J'ai cherché la longue-vue, mais elle avait disparu.

— Écoute, Roddie, tu ne l'as pas vraiment vu la prendre?

— Non, mais qui ça pourrait être d'autre?

— Tu as bien cherché partout?

— Bien sûr, dit-il, indigné. Vas-y, cherche toi-même.

Je cherchai, mais la longue-vue n'était pas sur la pelouse. Cette fois, je n'hésitai pas à prévenir ma mère. L'occasion était trop belle pour qu'on la laisse passer. Je me sentais animée d'une excitation triomphale. J'avais envie de lancer un cri de guerre de Highlander, ou peut-être de siffler *Le Triomphe des MacLeod*. Ou de citer un passage belliqueux des Saintes Écritures : « "La vengeance m'appartient", a dit le Seigneur. »

— En un sens, c'est bizarre, dis-je à ma mère, parlant si vite qu'elle avait du mal à comprendre ce que je disais. Tu sais, comme de coincer Al Capone pour fraude fiscale et non pour meurtre.

— Arrête de tout dramatiser, Vanessa, dit ma mère, et laisse-moi réfléchir à ce qu'il faut faire.

— Qu'est-ce que c'est que tout ça ? s'écria grand-père Connor, furieux d'avoir été tiré de sa chaise par mes éclats de voix.

Ma mère le mit au courant, et il n'eut aucune hésitation sur ce qu'il fallait faire.

— Mets ton manteau, Vanessa. On y va immédiatement.

Je le regardai, stupéfaite. Puis je secouai la tête fermement.

— C'est une affaire qui regarde la police.

— Balivernes, rétorqua mon grand-père, incapable de reconnaître une autorité autre que la sienne. Qu'est-ce que Rufus Nolan ferait que je peux pas faire ? De toute façon, c'est un imbécile.

Je ne m'attendais pas à ça. Je voulais du sang, mais j'aurais préféré que quelqu'un d'autre le fasse couler.

— Alors, allez-y, vous, m'obstinai-je. Moi je ne veux pas.

— Tu ferais mieux d'aller avec lui, dit ma mère. Père ne reconnaîtrait pas la longue-vue. Il ne l'a jamais vue.

— Je ne sais pas où vit Harvey, dis-je pour gagner du temps.

— Moi je sais, dit mon grand-père. C'est la maison d'Ada Shinwell, dans le quartier nord, juste à côté des voies du Canadien Pacifique. Pour la dernière fois, Vanessa, va chercher ton manteau et viens avec moi.

J'allai chercher mon manteau et je partis avec lui. Le quartier nord de Manawaka était plein de cabanes et de taudis, de palissades sans peinture, de toits auxquels il manquait la moitié des bardeaux, de fenêtres où pendaient – quand il y en avait – des rideaux de dentelle tout déchirés, de poulets picorant stupidement dans des cours dont les barrières n'avaient jamais été redressées quand elles penchaient et où les mauvaises herbes n'avaient jamais été exterminées ou combattues. Les trottoirs de ciment était défoncés ; de grands morceaux avaient été soulevés par le gel et jamais réparés, car le conseil municipal ne se souciait guère de ce quartier. Quelques bâtisses miteuses étaient tout ce qui restait d'anciennes boutiques qui avaient été abandonnées quand une partie de la ville, ayant prospéré, se fut déplacée vers le sud, loin du chemin de fer. On pouvait encore voir les vieilles enseignes, décolorées en pastels écaillés : un rose crasseux qui autrefois proclamait en écarlate : « Grains et engrais Barnes » ; un vert éteint et pourrissant pour l'inscription jadis orgueilleuse « Magasin général Thurson ». Les vitrines de ces anciennes boutiques étaient maintenant aveuglées par des planches, et elles ne servaient plus que d'entrepôts ou d'abris pour les rongeurs et les vagabonds.

À l'extrémité de la ville se dressait la gare du Canadien Pacifique, peinte respectablement du bordeaux lugubre qu'on appelle rouge chemin de fer ; elle était d'un pimpant paradoxal au milieu des bâtiments décrépis qui l'entouraient. Au-dessus de la gare et derrière, se dressaient les toits pointus des silos à blé ; d'une robuste laideur, ils constituaient néanmoins tout ce que nous avions en guise de tours.

Je savais qu'Harvey avait été élevé par sa tante, la sœur de sa mère morte, mais je n'en savais pas plus. Mon grand-père alla tout droit chez eux. C'était une petite maison carrée dont la galerie était ornée de dentelles de bois. Elle avait dû être blanche autrefois, mais n'avait pas été repeinte depuis des années. Le portail rouillé, béant et de travers, donnait l'impression d'avoir été arraché de ses gonds. Dans la cour poussait la verge d'or, et l'herbe haute, non coupée, était montée en graine comme de l'avoine. Mon grand-père frappa à la porte.

— Oui ?

233

La femme était massive et hagarde. Son visage, ridé comme une écorce d'orme, était plâtré de poudre mauve. Ses cheveux gris étaient taillés court comme ceux d'un homme. Elle portait une jupe de tweed brun qui semblait n'avoir jamais été nettoyée de sa vie et un chandail pêche crasseux qui moulait impitoyablement son corps plat et efflanqué.

— Eh ben, si c'est pas monsieur Connor en personne, dit-elle d'un ton sarcastique.

— Où est ton garçon, Ada ? Le ton de mon grand-père n'était pas à la plaisanterie.

— Qu'est-ce qu'il a fait ? demanda-t-elle immédiatement.

— Volé une longue-vue. Je veux qu'il la rende. La porte s'ouvrit plus grand.

— Entrez, dit la tante de Harvey.

La maison n'était pas divisée en séjour et cuisine. Le rez-de-chaussée ne formait qu'une seule grande pièce servant à tous les usages. À une extrémité, il y avait le poêle à bois entouré de poêlons et de casseroles suspendus à des clous. La table était couverte d'une toile cirée si usée que ses motifs étaient devenus quasi imperceptibles. La vaisselle du petit déjeuner était encore là, la graisse figée dessus, le jaune d'œuf coagulé en flaques jaunâtres. Sur le buffet était posée une jatte brune contenant une cuillère en bois et de la pâte : les crêpes pour le repas du soir. La maison exhalait l'odeur acide de lait tourné et d'ammoniaque qui émane de la nourriture qu'on laisse traîner et des pots de chambre pleins d'urine qu'on vide seulement lorsqu'ils débordent.

À l'avant de la pièce, il y avait deux fauteuils de velours prune déchirés et tachés, et un sofa complètement défoncé, autrefois bleu et maintenant d'un gris crasseux. Harvey était assis sur le sofa. Ses grandes jambes étaient projetées en avant et sa tête penchait d'un côté. Il avait l'air de faire semblant de dormir, sans grand talent d'acteur.

Sa tante fonça sur lui comme une aiguille à repriser géante.

— Dis donc, toi. Où est-elle?

Il semblait étrange qu'elle lui pose directement cette question. Pas une fois elle ne lui demanda s'il l'avait prise ou non.

Harvey ne répondit pas. Il restait affalé sur le sofa, ouvrant les yeux en clignant et les refermant ensuite à moitié. Sa tante, avec une vitesse explosive qui ébranla tous mes nerfs, saisit la cuillère en bois dans la jatte de pâte et le frappa au visage.

Les yeux de Harvey s'ouvrirent un peu plus, mais guère. Les fentes ambrées la fixaient, mais il ne bougea pas. Il encaissa le coup et le fait qu'elle l'ait frappé ainsi, en public. Ce n'était plus un enfant. Ses épaules et son corps paraissaient d'une force immense. Il aurait pu repousser sa main ou lui tenir les poignets. Il aurait pu sortir. Mais il ne l'avait pas fait. Lentement, avec une grimace de clown, il essuya la pâte de sa figure.

— C'est bon, dit-elle, je te donne encore une chance, et c'est tout. Après, tu sais quoi.

Je ne découvris jamais quel atout maître elle détenait. Pensait-elle le dénoncer à la police ou le jeter à la porte? Cela n'avait pas vraiment d'importance. Peut-être la menace remontait-elle à l'enfance et continuaient-ils à y croire par habitude. Ou peut-être n'y avait-il aucune menace précise, l'une ayant simplement tout pouvoir d'infliger à l'autre ce qu'elle décidait.

Il se mit lourdement sur ses pieds et revint quelques minutes après. Il lança la longue-vue par terre et me jeta un regard d'un mépris accablant. Puis il se rassit sur le sofa.

Sa tante ramassa la longue-vue et la tendit à mon grand-père. Dans sa voix pleurnicharde perçait une colère désolée.

— Tu vas pas aller à la police, hein? Écoute, t'as pas idée de ce que ça a été. Qu'est-ce que j'étais censée faire, avec un petit à élever? Qui m'aurait épousée? Quel homme aurait accepté ça? Il m'a jamais causé que des ennuis. De qui tu crois qu'il tient? Un maudit salaud que y'a qu'elle qui l'ait vu.

— Je n'irai pas à la police, dit mon grand-père d'une voix distante. Puis il partit.

— Tu la connaissais, avant? demandai-je sur le chemin du retour.

— Non, répondit distraitement mon grand-père. C'était pas le genre de personne que quiconque voudrait connaître. Elle a toujours été dans le coin, c'est tout.

Les persécutions de Harvey contre Nanouk prirent fin, car peu après, il quitta l'école, cessa de livrer les journaux et trouva un emploi chez Yang Min, le vieux Chinois qui tenait dans le nord de la ville un petit bistrot où les cantonniers du chemin de fer allaient prendre leur café.

Pour Nanouk, la délivrance vint trop tard. Il était devenu de plus en plus méfiant envers toute personne étrangère à la famille. Dès que quelqu'un s'approchait du portail, Nanouk l'accueillait invariablement par un lent grondement d'avertissement. Si on essayait d'ouvrir le portail, il se tenait là, aux aguets, hérissé, attendant le geste suivant, qui devint prévisible. Les gens, quels qu'ils soient, refermaient calmement le portail et s'en allaient. Puis ils téléphonaient à ma mère. Parfois, c'était grand-père Connor qui répondait. Ils lui racontaient ce qu'avait fait Nanouk et grand-père harcelait ma mère le reste de la journée en lui disant que tous les huskies ont la sauvagerie dans le sang.

— Écoute, Vanessa, il faut que je te parle, dit ma mère. Grand-père connaît quelqu'un dans une ferme près de Freehold qui veut bien prendre Nanouk. Ce serait beaucoup mieux pour lui. Il pourrait courir en liberté. Et dans une ferme, il ne serait pas aussi dangereux.

Je savais qu'il était inutile de discuter : c'était devenu inévitable. On emmena Nanouk un matin pendant que j'étais à l'école. Je ne lui dis pas au revoir. Je ne voulais pas. Je le pleurai secrètement, mais au bout d'un certain temps, je cessai de trop y penser.

Environ un an plus tard, le café Starlite au nord de la ville fut victime d'un cambriolage. On retrouva Yang Min, le vieux propriétaire, inconscient sur le sol. Il avait été sauvagement battu.

On rattrapa très vite Harvey. Il était monté sur un train de marchandise. La police le cueillit à deux arrêts de Manawaka.

— D'après ce qu'on dit, il n'a même pas essayé de nier, dit ma mère. Non que ça lui aurait servi à grand-chose. Quand même, on aurait cru qu'il cacherait l'argent, non?

Ce que je dis alors me surprit autant que ma mère. Je posai la question sans l'avoir préméditée. Je ne savais pas qu'elle était là, demandant à être posée.

— Mère, qu'est-ce qui est arrivé à Nanouk en réalité? Je lus sur le visage de ma mère la stupéfaction et le désarroi.

— Qu'est-ce qui te fait penser…

— Peu importe. Dis-moi simplement.

Sa voix était presque inaudible, avec une note de résignation, comme si elle avait renoncé à essayer d'arranger les choses.

— Le vétérinaire l'a emmené et l'a chloroformé. Que pouvais-je faire d'autre, Vanessa? Il était devenu trop dangereux pour qu'on le laisse en liberté.

Harvey Shinwell en prit pour six ans. Je ne le revis jamais. Je ne sais pas où il alla à sa sortie de prison. Probablement qu'il y retourna.

Je voyais de temps en temps sa tante dans la rue. On ne la trouvait pas trop dangereuse pour la laisser en liberté, elle. Une fois, elle me dit bonjour. Je ne répondis pas, tout en sachant que ça aussi, c'était sans doute injuste.

LES MURAILLES DE BRIQUE
DE JÉRICHO

Avant que nous ne nous y installions, la Maison de brique avait toujours été pour moi un lieu du dimanche. C'était un endroit plaisant pour une visite. Y vivre, par contre, était impensable. Cela n'aurait sans doute pas été nécessaire si mon père n'était pas mort subitement cet hiver-là. Au début du printemps, alors que le vent commençait à peine à se réchauffer et que la fonte des neiges transformait les routes en ruisseaux de boue, ma mère me dit que nous irions vivre à la Maison de brique, mon frère, elle et moi.

— Tu as douze ans et demi, Vanessa, avait-elle souligné sans nécessité, presque sur la défensive, comme si elle avait prévu mes protestations. C'est assez vieux pour comprendre. Nous n'avons pas les moyens d'entretenir deux maisons, et grand-père et tante Edna sont tout seuls là-bas à tourner en rond.

— Je ne veux pas y aller, dis-je, sachant que je lui rendais les choses encore plus pénibles, mais incapable de me retenir. Je ne veux pas vivre là-bas. Pas avec *lui*.

— C'est mon père, Vanessa, dit-elle en s'arrachant les mots comme s'ils émanaient de son moi moraliste et non de son moi véritable, et c'est ton grand-père, alors, tu es priée de ne pas parler de lui de cette façon.

Le jour du déménagement, je regardai charger les caisses qui contenaient l'argenterie et la porcelaine des MacLeod, ainsi que les malles et les boîtes en carton où étaient serrés nos vêtements et nos diverses possessions.

Presque tous nos meubles avaient été vendus. J'aurais voulu que les déménageurs marchent lentement, qu'ils traînent les pieds ; mais ils embarquaient les boîtes avec allégresse, en plaisantant comme si de rien n'était. Je remarquai, parmi les autres, la valise qui contenait mes trésors : une pantoufle de verre bleu comme celle de Cendrillon ; un œuf à repriser en bois brillant, rapporté d'Écosse il y a bien longtemps, et sur lequel était dessinée une ville en miniature si petite qu'il fallait une loupe pour lire les noms des rues : « Helensburgh, sur la Clyde » ; une douzaine de pendants d'oreilles en verre dépareillés qui avaient appartenu à ma tante Edna ; un signet de soie blanche avec l'inscription : *Pais mes brebis* au point de croix ; la longue-vue gainée de cuir dont un lointain ancêtre MacLeod, marin, s'était servi pour repérer l'ennemi. J'eus le sentiment que quelque chose de définitif était en train de se passer lorsque je vis ma valise suivre le chemin des autres bagages, franchir l'escalier de devant, la véranda, puis la porte de la Maison de brique. La décision était désormais irrévocable. Il me semblait que rien d'heureux ne pourrait plus jamais arriver.

Grand-père Connor, vêtu, en dépit du temps clément, de son énorme manteau d'ours puant, dirigeait les opérations depuis le haut de l'escalier.

— Attention quand vous rentrez les caisses. Le verre de la porte m'a coûté quelque chose, je peux vous dire, et je vous laisserai pas le fracasser. Doucement, vous. Vous voyez pas où vous allez? On vous paie pas pour vous promener les yeux fermés. C'est ça, tout droit dans l'entrée, et maintenant dans la cuisine.

Il m'aperçut, tapie derrière la haie de pois de Sibérie.

— Viens par ici, Vanessa, cria-t-il. Une grande fille comme toi… Tu peux même pas aider ta mère? Je peux pas supporter les gens qui traînent à rien faire. Si tu es déjà fainéante comme ça, Dieu sait ce que…

Dans la cuisine, rendue étouffante par l'énorme cuisinière noire assez grande pour nourrir toute une équipe de moissonneurs, ma mère et ma tante déballaient pendant que mon frère, qui n'avait pas encore trois ans, piétinait avec délices les morceaux de journaux amoncelés sur le sol comme des tas de feuilles d'automne. Mon grand-père m'avait suivie. Il regarda les assiettes, les tasses et les soupières qui sortaient des caisses au fur et à mesure que ma mère enlevait les journaux et posait la porcelaine sur le sol.

— Je vois pas pourquoi tu déballes tout ça, Beth. Faudra tout remettre en place.

Ma mère leva un regard surpris.

— C'est la porcelaine des MacLeod, du Limoges. J'ai pensé qu'on s'en servirait.

— On a pas de place pour elle ici, dit mon grand-père d'un ton tranchant. Il faudra la mettre au sous-sol.

— Mais, père…

— Il n'y a pas de mais. On a pas besoin de la porcelaine des MacLeod. On a tout ce qu'il nous faut. J'en veux pas ici.

Ma mère regarda l'assiette qu'elle tenait, bordée d'or avec des petites roses mousses. Elle haussa les épaules et la remballa dans un journal. Quand mon grand-père fut reparti surveiller les déménageurs, tante Edna se tourna vers ma mère.

— Pour l'amour du ciel, Beth, pourquoi n'as-tu pas dit qu'on la garderait sortie et que si ça ne lui plaisait pas, ce serait le même prix?

— À quoi bon? Autant se cogner la tête contre les murs. Il finirait par avoir le dessus, comme toujours. Comment peux-tu continuer à discuter, après tout ce temps, je me le demande. Ça m'épuiserait.

— Si tu veux te transformer en carpette, libre à toi, dit ma tante agressivement. Il te marchera dessus, c'est sûr. Regarde comment il était avec maman.

— Je ne sais pas, dit ma mère. Elle ne l'affrontait jamais directement, mais je parie qu'elle s'en tirait mieux ainsi. Regarde ça, Edna. C'est la caisse d'argenterie. Nous voilà avec deux services à thé d'argent complets, celui de maman et celui des MacLeod, et à peine cinq sous à nous deux. Je suppose que c'est drôle, d'une certaine façon.

— Drôle dans le sens de bizarre, commenta ma tante; pas dans le sens de comique.

— Qu'est-ce qu'on va faire de tout ça?

— Le vendre, et acheter une caisse de bourbon, suggéra ma tante avec brusquerie.

Je sortis de la maison. La vieille écurie au bout du jardin était fermée à clef mais j'avais depuis longtemps trouvé le moyen d'y pénétrer. Un escalier précaire menait au grenier, qui n'était jamais fermé à clef, car il ne contenait que des boîtes vides, des nids de moineaux et quelques chaises cassées. Je montai, trouvai les deux planches déclouées, les soulevai et me laissai glisser jusqu'aux poutres de l'écurie, en dessous. De là, il était facile de sauter sur le toit de la Buick Mac-Laughlin, puis par terre.

La voiture de grand-père Connor, la seule qu'il ait jamais possédée, n'avait pas servi depuis des années, mais il refusait de s'en séparer. Elle avait de grandes roues minces et une carrosserie haute et carrée. Ses sièges recouverts de peluche rayée beige et marron avaient l'air presque aussi neufs qu'à l'origine, bien avant ma naissance. Il ne l'avait jamais beaucoup conduite et en avait toujours pris grand soin. Peut-être pensait-il qu'elle était trop précieuse pour servir autrement qu'en de grandes occasions. Ou peut-être ne s'était-il jamais habitué au fait de ne pouvoir la contrôler par des vitupérations.

J'ouvris la porte de la voiture et grimpai à l'intérieur. Je pensais que personne, pas même grand-père Connor, ne venait plus jamais ici. Maintenant, j'étais contente de n'avoir jamais parlé à personne des planches déclouées du grenier. Sur le côté des portières, il y avait des poches de toile cirée noire qui seraient parfaites pour ranger mes cahiers et mes crayons. Je m'adossai à la peluche rayée et appuyai diaboliquement mes pieds contre une vitre, sans me soucier de savoir si je risquais de rayer le verre ou d'érafler la peinture. Je me mis à faire le point sur la situation intérieure, ce qui me soulageait de la situation extérieure. L'histoire que j'étais en train d'écrire couvrait déjà plus de la moitié d'un cahier à cinq sous.

Elle avait pour cadre le Québec au début de la traite des fourrures. L'héroïne s'appelait Marie : il fallait que ce soit Marie ou Antoinette, vu l'éventail de noms un peu limité dont je disposais, et j'avais finalement rejeté Antoinette, que je trouvais trop prétentieux. Orpheline dès son jeune âge, Marie était forcée de travailler à l'Auberge du chat gris. La chat ? Le chat ? Et que voulait dire gris ? À Manawaka, on n'enseignait pas le français avant l'école secondaire, où je n'allais pas encore. Tant pis. Ce n'étaient que des détails sans importance. Le principal était que Marie avait surpris la conversation furtive de deux *voyageurs*[1], de belle prestance malgré leurs vêtements misérables ; plus tard, on verrait qu'il s'agissait des grands *coureurs des bois*[1] Radisson et des Groseillers. Le problème était simple. Comment sortir Marie de sa vie peu prometteuse à l'auberge et la faire embarquer sur le bateau qui l'emmènerait en France ? Ni Radisson ni des Groseillers ne l'épouseraient, j'en étais sûre. Ils étaient

---

1. En français dans le texte.

248

beaucoup trop occupés à passer du camp des Français à celui des Anglais, et vice versa ; de surcroît, ils étaient trop vieux pour elle.

J'étais affalée sur le siège de la Buick Mac-Laughlin, sentant le désenchantement se glisser en moi. Marie ne sortirait pas de l'auberge de pierre grise. Elle y resterait toute sa vie. La seule chose qui lui arriverait jamais serait de vieillir. Les *voyageurs* n'étaient probablement pas du tout Radisson et des Groseillers. Ou si c'étaient eux, ils ne feraient absolument pas attention à elle. Je ressentis un accablement insupportable. Je n'avais plus envie de finir l'histoire. À quoi bon, si Marie ne pouvait pas s'en sortir, sauf par des expédients qui, de toute évidence, ne se présentaient pas dans la vie réelle ?

J'escaladai le siège avant et gardai un moment les mains sur le dur volant noir. Là, au milieu, se trouvait le bouton qui actionnait le klaxon. Tout d'un coup, il me sembla l'entendre retentir à nouveau, dans toute sa puissance, et je me remémorai une scène dont j'avais perdu le souvenir conscient. J'étais en promenade avec mon grand-père dans la Buick MacLaughlin. C'était un souvenir flottant dans le vide, hors du temps et de l'espace. Je devais être extrêmement jeune, quatre ans au plus. J'étais assise, toute petite, très bas sur le siège avant, à peine assez grande pour voir à travers le pare-brise. Mon grand-père était bien droit et hautain derrière le volant. Et la voiture volait, volait à travers les rues espacées de la ville immense, et le klaxon proclamait notre présence conquérante. *Ah-hou-gaa! Ah-hou-gaa!* Je contemplais avec amour et fierté mon grand-père géant qui conduisait son char triomphal de par les rues de ce monde.

Je refermai soigneusement la porte, agrippai les poutres et me hissai dans le grenier. Je regardai autour de moi et découvris une valise qui pourrait servir de bureau. Il y avait une bonne douzaine d'endroits où cacher un cahier. Le grenier était plus facile d'accès, et plus spacieux, en fait. Ce serait un meilleur coin pour établir mon domaine que le garage en dessous.

Je venais d'avoir quatorze ans. Le nouveau chef de la gare Canadien National, Wes Grigg, se mit à fréquenter la Maison de brique. Il venait voir tante Edna. Elle avait eu d'autres admirateurs avant lui, mais pas depuis un certain temps. Autrefois, ou ce que j'appelais autrefois, c'est-à-dire à l'époque où elle travaillait comme secrétaire à Winnipeg, elle avait eu du succès, d'après ma mère, mais s'était montrée trop désinvolte. Les partis à Manawaka étaient loin d'être nombreux et ne s'étaient pas multipliés avec les années. À part Stanley Urquhart, qui travaillait chez Donatello, le barbier, et qui exhalait un mélange répugnant de lotion capillaire et de gomme Dentyne, ou Cluny MacPherson, du garage B.A., qui mesurait à près près un mètre cinquante, Manawaka manquait singulièrement de célibataires d'âge adéquat. Les hommes se mariaient jeunes et se résignaient, ou alors ils quittaient la ville : qui aurait pu leur donner tort ? La vie de tante Edna, depuis son retour, n'avait pas précisément été amusante. Elle ne sortait quasiment jamais le soir, sauf de temps en temps pour voir un film avec ma mère. Extérieurement, elle avait gardé sa personnalité sarcastique. Quand la vie à la Maison de brique la déprimait trop, elle se défoulait au piano.

— Viens, mon chou, disait-elle, tout particulièrement les jours où grand-père Connor avait fait remarquer qu'il ne voyait pas pourquoi elle ne se trouvait pas d'homme pour se marier comme toutes les femmes normales. Que dirais-tu d'un petit quelque chose pour calmer nos violentes passions ?

Elle se laissait tomber sur le banc du piano, retroussait ses manches de chandail et se lançait dans *The Twelth Street Rag*. Les notes se bousculaient, plastronnaient, caracolaient, bondissaient insolemment du plafond au plancher et par la fenêtre. Mes pieds avaient envie de les suivre, loin, très loin de la maison, là où les chaussures virevoltantes volaient continuellement dans des aubes incommensurables. *Tiger Rag. Bye Bye Blackbird.* Elle jouait si fort que nous n'entendions jamais arriver grand-père Connor.

— Je ne sais pas pourquoi tu perds ton temps à ces bêtises, Edna, disait-il, car la seule musique qu'il jugeait digne de ce nom était celle des hymnes et le *God Save the King*.

Elle n'accordait pas la moindre attention à son intervention et continuait à jouer. Il s'enfonçait lourdement dans son fauteuil de chêne.

— Impossible d'aligner deux idées avec un boucan pareil, annonçait-il.

Pas de réaction. Elle se mettait à taper *I Wish I Could Shimmy Like my Sister Kate*.

— Edna, arrête immédiatement avant que je perde ma patience !

Alors seulement ma tante s'arrêtait. Elle me faisait un clin d'œil, riait parfois, mais s'arrêtait.

— Perdre sa patience, vraiment, murmurait-elle en m'entraînant dans la cuisine. Ayez la bonté de me dire quand il l'a jamais trouvée.

Tante Edna avait près de trente-trois ans quand Wes Grigg arriva à Manawaka. Elle ne semblait pas avoir beaucoup changé depuis mes premiers souvenirs d'elle. Elle s'était mise à permanenter ses cheveux noirs au lieu de les porter à la Jeanne d'Arc, c'est tout, et sa haute silhouette élancée était plus souvent en jupe et chandail que dans les élégants tailleurs vert émeraude ou lilas qu'elle portait autrefois. Wes était plus grand que tante Edna, et nettement d'âge mûr. Ses épais cheveux en broussaille étaient ce que ma mère appelait « poivre et sel », noirs commençant à grisonner. Ses sourcils aussi étaient gris, épais et broussailleux, et sa veste de tweed poilue comme une couverture de cheval. Il me rappelait l'épouvantail du *Magicien d'Oz*. Ce n'était pas pour moi une critique, mais une raison de l'aimer davantage. Il avait quelque chose de solide et de rassurant, et pourtant il était le contraire de sévère. Il parlait doucement et ne se disputait jamais, mais il riait beaucoup, spécialement de ses propres plaisanteries, qui étaient généralement du genre bébête, et il se mettait en quatre pour plaire à tante Edna.

Tôt un soir, la sonnette retentit : c'était Wes.

— Je suis passé vous demander si vous aimeriez venir à Winnipeg dans une quinzaine de jours, Edna, dit-il. Juste pour une journée. Kester m'a promis de s'occuper de tout ici. J'ai un peu de congé. On pourrait prendre le train du matin un jeudi. Qu'en pensez-vous ?

— Grands dieux, dit ma tante pour gagner du temps. Les lumières m'éblouiraient. Il y a des siècles que je ne suis allée si loin. Je ne savais pas que vous étiez riche.

Wes rougit.

— C'est-à-dire que j'ai mon laissez-passer. Votre billet ne coûterait pas si cher. On pourrait aller voir un spectacle et dîner, et revenir par le train de nuit. Alors, qu'est-ce que vous en dites ?

— Eh bien…

Ma mère et moi, rôdant dans l'entrée comme des espions amateurs, échangeâmes un regard.

— J'ai entendu sans le faire exprès, dit joyeusement ma mère. Tu y vas, Edna. Ça fait je ne sais combien de temps que tu n'as pas bougé. Vas-y donc !

— Eh bien, reprit ma tante. D'accord, Wes, merci. C'est très gentil à vous.

— Vous pourriez rester souper, Wes, puisque vous êtes là, ajouta ma mère.

— Merci, Beth, si vous êtes sûre que ça ne vous dérange pas.

— Mais bien sûr que non.

Ma mère fonça vers la cuisine pour changer le menu du souper ; les œufs brouillés sur toast se transformèrent instantanément en crêpes au sirop d'érable.

Tante Edna échangea quelques propos décousus avec Wes, puis le laissa dans le salon. Grand-père Connor, qui somnolait dans son fauteuil, se réveilla. Ses yeux bleu acier, qui n'avaient rien perdu de leur perçant, fixèrent Wes impitoyablement.

— Qui êtes-vous ? demanda-t-il sur un ton comminatoire.

Ce ne semblait pas un début de conversation très prometteur. Je traînai dans l'entrée pour écouter, et quand mon frère Roddie dévala les escaliers pour me parler, je le fis taire rapidement et l'expédiai dans la cuisine.

— Je m'appelle Grigg, dit Wes. Wes Grigg. Vous vous souvenez de moi, monsieur Connor, je suis déjà venu.

Oh joie, était-ce possible ? Grand-père perdait la mémoire ? Il ne serait plus capable de récapituler instantanément toutes mes incartades passées? D'un autre côté, cela pourrait avoir des conséquences fâcheuses, comme maintenant.

— Laissez-moi vous regarder. Je vous ai déjà vu, c'est exact. Qu'est-ce que vous venez faire ici? Voir Edna?

— Oui, en effet.

— Nous allons passer à table, dit grand-père en sortant sa montre de son gousset. Vous feriez mieux de ne pas traîner. Nous allons passer à table. Si le souper finit par venir. Il est bien plus de six heures.

Je regardai ma montre. Il était six heures trois.

— C'est-à-dire, Beth m'a gentiment invité à rester, marmotta Wes.

— Quoi? hurla grand-père en exagérant sa surdité, comme il le faisait souvent pour démonter son interlocuteur. Rien ne vous donne plus l'impression d'être un crétin que de devoir répéter quatre fois une platitude.

— Je disais que Beth m'a gentiment invité à rester, reprit Wes en détachant les mots.

— À rester? À rester ici? En quel honneur? Où cette femme a-t-elle la tête?

— Non. À rester pour souper, claironna Wes, au supplice.

— Ah, dit grand-père d'un ton neutre. Eh bien, si elle veut nourrir tout le voisinage, c'est son affaire. Qui elle s'imagine qui va payer les factures, je me le demande quand même.

Cela commençait à suffire. J'entrai pesamment dans le salon et fixai grand-père. Je ne dis pas un mot. Je me contentai de le fusiller du regard et il me fusilla en retour. Finalement, je détournai les yeux.

— Bonjour, Wes. Quelle soirée, hein? Vous croyez qu'on aura un blizzard?

On était en février, et le vent dehors évoquait les hurlements aigus d'une bande de démons dans un enfer de glace. Il claquait et cognait contre les murs de la Maison de brique au point qu'on avait l'impression que les fenêtres ne tiendraient pas, même si je savais qu'elles résisteraient.

— Oui, c'est terrible, acquiesça Wes, mais je sais pas, Vanessa… la météo n'annonce pas de blizzard.

— Ces gars de la météo, ils se trompent tout le temps, intervint mon grand-père.

— Non, ce n'est pas vrai, contredis-je avec véhémence, comme si c'était mon honneur même qui était enjeu. Ils ont en général tout à fait raison. Ils ne se trompent pas. Ils avaient prédit la tempête de janvier, et on l'a eue effectivement.

— Ils peuvent pas en dire plus long que moi avec le vieux baromètre de la véranda, répondit mon grand-père sans se démonter.

Je quittai temporairement le champ de bataille et filai à la cuisine voir où en étaient les choses. Ma mère versait des cuillères de pâte à crêpes dans la poêle de fonte. Ma tante ouvrait un bocal de pêches et avait l'air contrariée.

— Sincèrement, Beth, je sais que tu veux bien faire, mais tu n'as pas à me jeter positivement dans les bras de ce malheureux.

— Je n'ai jeté personne dans les bras de personne, répondit tranquillement ma mère, d'un ton qui me rappela la manière de parler de grand-mère Connor, avec une douce détermination. Je l'ai simplement invité à souper, c'est tout. Si tu ne peux plus inviter quelqu'un à souper un soir comme ça, il y a quelque chose qui ne va pas dans ta tête. Et je ne vois vraiment pas pourquoi tu n'as pas tout de suite accepté d'aller à Winnipeg, Edna. Personnellement, je trouve que c'était gentil de la part de Wes. Très gentil, en fait.

Ma tante leva les yeux avec une expression perplexe.

— C'est parce que j'avais comme l'impression qu'il allait me…

— Te quoi? demanda ma mère. Te demander de passer la nuit? Et alors? Vraiment, Edna, si tu avais seize ans, je comprendrais que tu sois choquée, mais *vraiment*…

Ma tante éclata de rire.

— Beth, arrête tes idioties! Ce n'est pas ça que je voulais dire. Je pensais qu'il me demanderait peut-être de l'épouser. Il se pourrait, bien sûr, que je me trompe. Edna Connor n'a jamais été célèbre pour son infaillibilité.

— Pour l'amour du ciel, dit ma mère avec exaspération, qu'est-ce que cela aurait de si terrible ? Il suffit que tu répondes oui ou non.

— Très simple, dit ma tante sombrement, non, je ne pense pas.

— Il est gentil, hasarda ma mère.

— C'est vrai, reconnut ma tante. Si seulement il ne disait pas *p'têt ben que*.

— Ne dis pas de bêtises. Qu'est-ce que ça peut faire ? Il a un emploi stable.

— Je sais, Beth. Mais savais-tu qu'il est baptiste ?

— Maman aussi l'était. Il n'y a rien de mal à être baptiste.

— Je ne suis pas croyante, souligna ma tante.

— Tu n'aurais pas besoin d'aller à l'église. Il n'a vraiment rien d'un fanatique.

— Je sais bien. Mais savais-tu qu'il a un ulcère et qu'il y a des tas de choses qu'il ne doit pas manger ?

— Je ne pense pas que ça te tuerait de ne plus manger de porc rôti de toute ta vie, répondit ma mère, intraitable.

— Beth, arrête de me faire la leçon.

Ma mère eut l'air blessée et pleine de remords.

— Oh, ma chérie, excuse-moi si je t'ai donné cette impression ; ce n'est vraiment pas ce que je voulais faire. C'est seulement que tu as tenu la maison de père pendant tout ce temps, et que tu as eu si peu de vie à toi. Ce serait merveilleux si tu pouvais *t'échapper.*

— Et toi? demanda tante Edna. Comment t'échapperas-tu?

— C'est différent pour moi, répondit ma mère à voix basse. J'ai eu toutes ces années avec Ewen. J'ai Vanessa et Roddie. Peut-être que je ne peux pas m'échapper. Mais ils le feront, eux.

Il y eut un silence. Ni l'une ni l'autre n'avait remarqué ma présence dans l'embrasure de la porte. J'avais l'impression que j'aurais dû disparaître, que je m'étais immiscée dans une affaire totalement privée.

— Je n'essaie pas le moins du monde de te pousser, mais tu sais combien tu désirais partir.

— Oui. Mais maintenant que ça se présente... Je ne sais pas... J'aime beaucoup Wes, c'est le plus drôle. Je suis très attachée à lui. Cela peut paraître bizarre dans ma bouche, mais c'est... c'est un homme de bien.

— Ça ne paraît pas bizarre du tout. Je sais que c'est vrai.

Ma tante reprit brusquement sa voix habituelle:

— Et pas besoin de me répéter le refrain: les hommes de bien ne courent pas les rues.

— Edna, dit ma mère avec inquiétude, qu'est-ce qui te prend? Qu'est-ce qui ne va pas?

— Je ne sais pas. (Tante Edna hésitait.) Je suppose que je me suis habituée à être de retour dans le vieux donjon. C'est étrange, Beth. Père est impossible, et nul ne l'a dit plus souvent que moi. J'ai moins de patience envers lui que les autres, à part peut-être Vanessa, et elle n'a que quatorze ans. Je sais tout cela. Mais il… enfin, j'ai l'impression que le pire ne pourrait pas arriver ici, jamais. Le monde ne s'écroulerait pas vraiment. Tu comprends ce que je veux dire? Nous avons traversé la Dépression. Nous pensions que nous n'y arriverions pas, mais nous l'avons fait. Je sais que cela a été plus une question de chance que de bonne gestion; je suis bien consciente de tout ça. Et pourtant…

Je reculai doucement jusque dans la salle à manger. Elles n'auraient pas été aussi contrariées qu'autrefois, je le sentais, que j'aie surpris leur conversation. Mais j'aurais quand même préféré ne pas avoir entendu.

Cinq minutes après, les pas de grand-père Connor résonnèrent lourdement en direction de la cuisine.

— Beth! Tu as l'intention de servir le souper aujourd'hui ou demain matin?

— Ça vient tout de suite, répondit ma mère avec un calme imperturbable.

— Tu ferais mieux de parler à ce Grigg, Edna, continua-t-il d'une voix assez forte pour porter jusqu'au sud de Wachakwa, sans parler de notre salon. Tu ferais mieux de lui dire de ne pas arriver juste au moment du souper. Il a donc rien à manger chez lui?

Comment il faisait pour ses repas avant de venir ici?

— Il est venu à peu près cinq fois, père, dit tante Edna. C'est tout. Grands dieux, vous ne pourriez pas...

— À table, appela ma mère. C'est prêt.

Après le souper, quand Roddie fut au lit, ma mère nous informa qu'elle avait des catalogues de livres à examiner pour la bibliothèque municipale, et qu'elle allait monter un moment pour s'en occuper. Je suivis son exemple en partant faire mes devoirs dans ma chambre. Grand-père Connor, cependant, n'avait pas l'intention de laisser seuls Wes et tante Edna, pas même de leur laisser placer un mot. Le grand thème de grand-père, ce soir-là, d'après ce qui m'en parvenait à l'étage, semblait être que le Canadien National gâchait l'argent des contribuables parce que dès que le gouvernement se mêlait d'une affaire, elle cessait d'être compétitive. Et si Wes avait eu un grain de bon sens, il aurait travaillé pour le Canadien Pacifique. À ce moment-là, Wes dut avoir l'imprudence de mentionner le projet d'escapade à Winnipeg car j'entendis exploser la voix de grand-père.

— *Winnipeg!* Il en est pas question, Edna. Je te laisserai pas aller là-bas avec *lui!*

Son ton laissait entendre que Winnipeg était Sodome et Gomorrhe, et Wes un hybride de Casanova et du marquis de Sade.

—J'irai, dit tante Edna. C'est seulement pour une journée.

— Seulement pour la *journée!* rugit grand-père Connor, montrant clairement qu'inutile de se leurrer, il n'était pas de ces gogos pour qui les amours illicites ne se déroulent qu'à la nuit tombée.

— C'est ridicule, cria tante Edna. Père, vous ne pouvez pas, pour une fois…

— Ridicule? demanda grand-père sur un ton mélodramatique. Ridicule, vraiment? Eh bien, ce sera ridicule. Tu n'iras pas, un point, c'est tout.

J'entendis ses pas descendre l'escalier du sous-sol. Il allait s'asseoir dans sa chaise berçante, à côté de la salamandre. Cette chaise devait être la plus éloquente du monde. Peut-être était-elle faite de bois excentriques, ou son constructeur l'avait-il conçue pour grincer scriiiii-scraaaa au moindre balancement. Comme d'habitude, grand-père allait exprimer clairement son humeur jusqu'à ce qu'il entende Wes partir. Tante Edna, en montant dans la salle de bains, passa la tête dans ma chambre.

— Tu sais quoi, mon chou? Le coup de la chaise berçante existe depuis si longtemps que je suis à peine gênée maintenant. Souviens-t'en dans quelques années, hein?

— Pourquoi?

— Parce que, dit tante Edna (et quoiqu'elle l'ait dit en souriant, nous ne le prîmes ni l'une ni l'autre pour une plaisanterie), parce que ce sera ton tour.

Une demi-heure plus tard, les tuyaux prirent feu. Il n'arrivait pas grand-chose de palpitant à la Maison de brique, mais c'était une source d'excitation dont nous nous serions bien passés. La salamandre était vieille mais en bon état, et pendant les grands froids, mon grand-père la chargeait de son mélange spécial de bouleau et de peuplier. Il fallait beaucoup de feu pour chauffer la grande maison en hiver. À l'étage, les tuyaux reliés à la salamandre étaient sans protection et devenaient fragiles. De novembre à avril, ma mère et ma tante se faisaient du souci à leur sujet. Mon grand-père, qui se considérait comme un expert dans ce domaine, sous prétexte qu'il avait tenu pendant des années une quincaillerie où, entre autres choses, on vendait des tuyaux, prétendait que notre installation ne présentait aucun danger et que Beth et Edna s'agitaient pour rien. Je finissais mes devoirs quand je pris brusquement conscience d'une odeur qui faisait penser à de la peinture brûlée.

Dans la chambre de mon grand-père, le tuyau était d'un écarlate flamboyant. De l'intérieur de sa gorge de dragon montait un grondement sourd mais impressionnant. Je hurlai de toutes mes forces.

— Les tuyaux sont en feu! Vite!

Mon grand-père monta lourdement du sous-sol, redescendit, remonta, et proclama que les tuyaux allaient bientôt se refroidir et que nous devions tous arrêter immédiatement nos embarras. Ma mère hurla : « Roddie » et alla le réveiller et lui mettre son manteau pour parer à toute éventualité, et lui, énervé d'être soudain agrippé et harnaché dans sa tenue d'hiver en plein milieu de la nuit, sanglotait par saccades. Tante Edna hurlait qu'il fallait absolument que quelqu'un prévienne les pompiers, mais mon grand-père refusait même d'envisager cette possibilité. Qu'est-ce que les pompiers pouvaient faire de plus que lui, disait-il avec plus de force que de logique. Tante Edna répondit que s'il voulait que sa maison lui flambe au nez, c'était son affaire, et que personnellement, elle ne verserait pas une larme. Je retournai dans ma chambre, remplis deux taies d'oreiller avec mes biens les plus précieux, enfilai deux de mes chandails les plus chauds et m'apprêtai à m'enfuir dans la nuit.

Les tuyaux grondaient et flamboyaient.

— Hé, où est Wes? demandai-je.

— Parti chercher quelqu'un ou quelque chose, répondit distraitement tante Edna. Pourvu qu'il se dépêche. Écoute-les, Vanessa, tu te rends compte! Tu crois que quelqu'un pourrait retenir père ici pendant que je descends en douce téléphoner aux pompiers?

— Non, dis-je, mais je pense qu'il faut le faire de toute façon. On n'aura pas l'air fins s'il y a vraiment un incendie et qu'on doive dire qu'on n'a jamais même essayé de l'arrêter.

— Tu as bigrement raison, dit tante Edna.

— Je ne sais pas, Edna, hésita ma mère. Elle tenait toujours Roddie, qui continuait à hurler. Nous avons déjà eu ça avec les tuyaux, et ils n'ont jamais réellement…

Les tuyaux commençaient à glousser diaboliquement. L'écarlate se faisait de plus en plus clair, signe de chaleur croissante. La puanteur était terrible.

Juste à ce moment-là, la porte s'ouvrit.

— Wes! Où diable étiez-vous passé? cria ma tante.

— Je suis allé chercher un truc qu'on utilise à la gare pour ce genre de chose, expliqua-t-il. Heureusement que ma vieille voiture a démarré du premier coup.

— Vous ne descendrez pas, dit grand-père Connor d'un air belliqueux, debout à l'entrée de l'escalier du sous-sol.

Le sous-sol était son fief, et n'appartenait qu'à lui. Wes l'écarta, avec courtoisie mais sans discussion.

— Ne vous en faites pas, monsieur Connor, dit-il presque jovialement. Si j'abîme votre salamandre, vous pourrez toujours me faire un procès.

Nous descendîmes en troupe derrière lui. En dépit des avertissements et des imprécations de mon grand-père, Wes ouvrit la porte de la salamandre et jeta à l'intérieur le contenu d'une petite boîte de poudre noire. Pendant un instant, je m'attendis presque à ce que la maison entière s'envole dans une dernière folle explosion. Mais non. La poudre magique eut un effet rapide. Comment avions-nous pu nous en passer? Je voyais ma mère rédiger mentalement une commande de six douzaines de boîtes, quel qu'en soit le prix, dût-elle pour cela mettre en gage sa perle. Les rugissements enflammés se calmèrent. La voix des tuyaux se réduisit à quelques ahanements satisfaits, puis se tut.

— Ce type est un imbécile, maugréa mon grand-père à la cantonade. S'il avait laissé les tuyaux tranquilles, ça serait revenu exactement au même. Du diable si je vois pourquoi Edna veut fréquenter un gars pareil.

Il avait à coup sûr raison pour les tuyaux. Après tout, ce n'était pas la première fois que nos tuyaux prenaient feu, et la Maison de brique était encore debout. Mais nous n'étions pas d'humeur à le croire. Ma mère voyait le nombre de ses soucis passer de mille et un, à mille.

— Voyons, voyons, père, dit-elle, radieuse, vous devez reconnaître que ça a marché. Je me demande si on peut se procurer ce produit en ville ou s'il faut le commander.

Je la voyais déjà dire à tante Edna comme c'était bien que Wes soit si efficace en cas de crise. Personnellement, je pensais que tante Edna serait nettement plus impressionnée si ma mère lui rappelait comment Wes venait de se comporter avec grand-père Connor. Mais peut-être était-ce inutile.

— Sincèrement, Wes, êtes-vous sûr que vous voulez aller à Winnipeg? disait tante Edna dans l'entrée. Je veux dire, je n'ai pas de préférence. À vous de décider. Ce serait agréable d'y aller, mais cela paraît bien cher pour une seule journée.

— Je pensais que ça me donnerait du courage, dit Wes. Des fois, un endroit nouveau fait cet effet-là. Mais en fait, p'têt ben que ce serait mieux d'aller plus loin, plus tard, quand il fera meilleur, et de rester plus longtemps. J'ai huit jours de vacances devant moi, j'ai oublié de vous le dire.

Rien ne nous transforme en héros plus que des actes héroïques, même modestes. Son problème, s'avéra-t-il, était qu'il avait atteint un âge où il ne voulait pas recevoir de gifle, métaphoriquement parlant. Il avait eu l'impression insidieuse que tante Edna était redoutable. Il ne se rendait pas compte qu'à sa manière, elle aussi manquait de confiance en elle. Après le soir des tuyaux en feu, il fit tous ses efforts pour éviter les accrochages avec grand-père. Mais aucun de nous n'oublia jamais. Tante Edna, dans un geste qui dut lui coûter, apprit même à jouer ; *Jésus nous appelle au-dessus du tumulte*. Elle découvrit à son grand soulagement que Wes trouvait suffisants les hymnes du Sabbat.

Wes et tante Edna se marièrent au printemps, et elle alla vivre dans la gare du Canadien National. Auparavant, ils avaient passé leur lune de miel dans le lointain Montréal : elle pouvait désormais voyager avec la passe de Wes. Elle me manquait, mais j'étais heureuse quelle soit partie et qu'elle ait une maison à elle, même s'il lui fallait dormir dans le bruit des wagons de marchandises manœuvrant sur les voies. C'était seulement dommage qu'elle ait dû attendre si longtemps pour partir. Je me demandais combien de temps il me faudrait attendre.

J'étais sortie avec des garçons en de rares occasions, mais je n'avais jamais eu ce qu'on pourrait appeler un amoureux. Les garçons qui m'avaient emmenée au cinéma ou raccompagnée à la maison le samedi soir au sortir de la patinoire de Manawaka n'avaient vraiment rien de jeunes premiers. Ou ils étaient plus petits que moi, ou ils avaient des pellicules, ou ils étaient d'une bêtise ahurissante. J'étais embarrassée d'être vue en leur compagnie, mais je ne refusais jamais une invitation, pour des raisons de prestige. J'aurais préféré sortir avec l'idiot du village (s'il y en avait eu un) que de ne pas sortir du tout. Mavis Duncan, ma meilleure amie, était mince, petite, avec des cheveux auburn qui bouclaient naturellement. Tous les garçons grands, bien lavés, spirituels et séduisants du voisinage sortaient avec elle. J'avais un mètre soixante-dix et des cheveux noirs, raides comme des baguettes de tambour, que je torturais chaque nuit au prix de grandes souffrances avec des bigoudis métalliques : mon but était de ressembler à un petit page, mais le résultat était nul. J'avais décidé depuis longtemps qu'il me fallait tirer le meilleur parti possible de ce que j'avais, ce qui à l'époque ne semblait pas grand-chose.

Pendant la guerre, quand j'eus dix-sept ans, la configuration sociale de la ville changea du tout au tout. La R.C.A.F. construisit un camp de formation de base à South Wachakwa, à quelques milles, et chaque fin de semaine, des cohortes d'aviateurs descendaient sur Manawaka parce qu'à South Wachakwa, en dehors d'une école, une église et un magasin, il n'y avait rien. Manawaka, en revanche, avait le dancing Flamingo, le café Régal et de nombreuses élèves d'école secondaire, dont moi.

J'allais avec Mavis Duncan et Stacey Cameron danser au Flamingo le samedi soir. Toutes les filles y allaient, en groupes de trois ou quatre, pour se donner du courage. Les filles s'aggloméraient d'un côté de la petite piste glissante et les garçons se bousculaient de l'autre côté. Quand la musique commençait, au début de chaque danse, Mavis, Stacey et moi nous mettions à bavarder gaiement, tandis que la panique nous levait le cœur. Et si personne ne nous invitait à danser ? Les filles qui n'étaient pas invitées filaient généralement aux toilettes et y restaient le plus longtemps possible, se maquillant et se remaquillant, fumant, affectant avec leurs compagnes d'infortune le même bavardage enjoué que mes amies et moi. Mais quand on nous invitait, le désespoir fondait comme neige au soleil, et nous virevoltions sur la piste en ondulant dans les bras de notre danseur, soudain pleines d'assurance, ravissantes.

Il nous semblait que la musique était la seule qui ait jamais existé ou qui existerait jamais. Je ne pouvais pas savoir qu'elle s'incorporait à la mosaïque de ma personnalité et que tout en disparaissant rapidement, elle ferait néanmoins à jamais partie de moi-même. *Chattanooga Choo Choo, Skylark, I'll Be Seeing You, I'm a Little on the Lonely Side, Don't Get Around Much Any More.*

C'est au Flamingo que je rencontrai Michael. Il avait vingt-trois ans, était plus grand que moi, avec des cheveux blond roux et il avait mis au point un sourire moqueur pour camoufler son sérieux. Il venait de

Colombie-Britannique, où il avait travaillé dans l'entreprise de bois de son père avant de s'engager. Il me racontait les camps de bûcherons, et j'imaginais les auxiliaires, les grimpeurs, les sapins gigantesques plongeant brusquement comme des titans abattus, là-bas, dans les forêts tapissées de fougères où l'air d'une fraîcheur bleutée était toujours réchauffé par le soleil, et où les arbres à l'échine sombre se pressaient les uns contre les autres, laissant juste filtrer des dentelles de lumière.

— J'aimerais t'y emmener, Vanessa, disait Michael.

À la place, il me ramena à la Maison de brique, m'embrassa et me dit qu'il aimerait me revoir la fin de semaine suivante. Ensuite, je le vis chaque fois qu'il pouvait venir à Manawaka. Quelquefois, il ne réussissait à venir que pour une heure ou deux dans la soirée, en faisant du stop. Pour être seuls, nous descendions dans la vallée de la Wachakwa, où le ruisseau faisait courir ses eaux brunes sur les galets et où poussaient les peupliers des prairies, dont les feuilles étaient devenues d'un jaune translucide avec l'automne. L'herbe était épaisse et haute, et nous pouvions nous faire un nid et nous coucher là, serrés l'un contre l'autre. Jamais je ne fis vraiment l'amour avec lui. J'avais peur. Il n'essaya pas de me persuader, quoiqu'il sût que j'en avais autant envie que lui. Il acceptait la peur que je ne pouvais accepter moi-même, car je la méprisais sans pouvoir la surmonter.

Comme moi, Michael écrivait des histoires et des poèmes, activité qu'il cachait à ses amis aviateurs. Quand nous étions ensemble, le temps était toujours trop court, car nous avions tout à discuter et à découvrir. J'essayais d'oublier que dans quelques mois il serait parti. Je n'avais jamais rencontré quelqu'un qui s'intéresse aux mêmes choses que moi. Nous lisions *Je pense continuellement à ceux qui ont été vraiment grands,* de Stephen Spender[2].

Le nom de ceux qui, dans leur vie, ont combattu
[pour la vie
Qui ont porté dans leur cœur l'âme du feu.
Nés du soleil, ils ont voyagé brièvement vers le
[soleil
Et laissé dans l'air vif la signature de leur
[honneur.

— C'est un de mes poèmes favoris, dis-je, mais j'ai peut-être tort. Il y a quelque chose qui n'est pas vrai, pas pour moi, en tout cas.

— Que veux-tu dire?

— Je ne sais pas. Ça fait bien de dire qu'on pense continuellement à ceux qui étaient vraiment grands. Mais on ne le fait pas. On les oublie. La plupart du temps, on ne pense pas du tout à eux. C'est ça qui est terrible. J'ai dit ça à cause de Dieppe, je suppose.

La guerre n'avait pas beaucoup touché Manawaka jusqu'alors. La plupart des garçons s'étaient engagés dans les Queen's Own Cameron Highlanders, et quand les listes des

---

2. Sir Stephen Spender, poète, et critique anglais, né en 1909.

morts arrivèrent de Dieppe, la moitié des familles de la ville se trouvèrent frappées. MacDonald, Gunn, Kowalski. Macalister, Lobodiak, MacIntosh, Chorniuk, Kamchuk, MacPherson. Tous les noms écossais et ukrainiens de garçons à peine plus vieux que moi, de garçons que j'avais connus toute ma vie. Je me rappelai alors que Roderick, le frère de mon père, avait été tué pendant la Première Guerre mondiale. Lui aussi, il avait dix-huit ans, comme la plupart de ceux-ci. C'est alors que la guerre prit son sens pour moi, un sens qui ne devait plus jamais changer. Elle signifiait seulement que des gens à qui on n'avait pas donné le choix étaient brisés et sacrifiés, et que rien ne pourrait jamais prendre leur place. Mais je ne pensais pas à eux continuellement. Même après ce laps de temps relativement court, je ne pensais déjà plus à eux que de temps en temps. C'est ce qui me semblait une trahison.

—Je sais, dit Michael. Et ce n'étaient pas vraiment des héros non plus. Ils se sont simplement trouvés là. Je ne connais à peu près aucun poème qui dise les choses telles qu'elles sont vraiment. Tu sais ce que je pense? L'écriture va se transformer considérablement après la guerre. C'est ce qui s'est produit après la Première Guerre, et ce sera encore plus radical après celle-ci. Il n'y a plus de héros.

—Je ne crois pas qu'il y en ait jamais eu. Pas de cette manière. J'ai peut-être tort. Spender parle des pilotes de la bataille d'Angleterre, au moins en partie, n'est-ce pas? Peut-être qu'ils étaient différents. Mais pourquoi le seraient-ils? Ils se trouvaient simplement là, eux aussi, et avant qu'ils se soient rendu compte, il n'y avait plus moyen de s'échapper. Comme les membres des clans à Culloden[3]. Ou les guerriers d'Ulysse. Peut-être même Ulysse, s'il a jamais existé.

Michael regarda le ciel, où même alors les avions d'entraînement s'agitaient comme de lointaines mouches bleues.

— Je ne sais pas si tu as raison ou non. Je ne sais pas ce que ressentent les autres gars. Ce n'est pas ce qu'on appelle un sujet de conversation. Je sais seulement ce que je ressens. Chaque fois que je monte dans un de ces foutus Tiger Moth, je n'arrête pas de transpirer. Quel aveu, hein? Si je suis comme ça sur les avions d'entraînement, qu'est-ce que ça sera sur les bombardiers?

Il se tourna pour me regarder et je le tins serré contre moi. Il n'y avait rien que je puisse lui dire. Trop avait déjà été dit, mais peut-être n'avait-il pas souffert de dire ces choses. Tout ce que je pouvais faire, c'était l'étreindre en espérant que la force de mon amour passerait en lui et l'aiderait un peu. Ce que je voulais en réalité, c'est l'épouser avant qu'il parte, mais je n'avais pas encore dix-huit ans, et nous savions tous deux que ma mère ne me permettrait pas de me marier avec qui que ce soit à cet âge. L'après-guerre semblait une époque trop lointaine et incertaine pour qu'on y pense, une époque qui n'arriverait jamais.

---

3. Bataille au cours de laquelle, en 1746, les clans écossais furent définitivement écrasés par les Anglais, techniquement très supérieurs.

Quand il avait une permission, Michael la passait à la Maison de brique, couchant dans l'ancienne chambre de tante Edna. Il s'entendait bien avec ma mère, qui l'accueillait toujours chaleureusement et faisait de son mieux pour le protéger de grand-père Connor. Ce n'était pas toujours possible. Aux repas, mon grand-père marmonnait des remarques sur les gens qui viennent manger le pain des autres. Le truc de la chaise berçante était utilisé assez souvent, et quand ma mère, Michael et moi faisions la vaisselle, nous entendions le scriiiii-scraaaa de reproche monter de l'antre de grand-père.

— Rien n'a changé, remarquai-je un soir. Tu te souviens comment il était avec tante Edna ?

— Voyons, voyons, mon petit, disait ma mère, prise entre le désir de sympathiser avec moi et le sentiment qu'il ne faut jamais déballer son linge sale devant des étrangers. Si tu veux savoir, je me rappelle… Qui pourrait jamais oublier ? Mais il ne faut pas perdre de vue que c'est un vieil homme.

— Écoute, il a toujours été comme ça ! Du plus loin que je me souvienne…

— Essaie quand même, dit ma mère, et elle me rappela, comme souvent, que ma grand-mère Connor ne pouvait pas non plus supporter les scènes.

Ce soir-là fut différent de tous ceux que Michael avait passés à la Maison de brique. Roddie était au lit, ma mère écrivait des lettres sur le bureau d'acajou de la salle à manger. Michael et moi étions assis sur l'énorme canapé en forme de conque du salon. Mon grand-père surgit du sous-sol en remontant sa montre avec une intention évidente.

— Vous n'allez pas finir par aller dormir ? Tu as l'intention de passer la nuit debout, Vanessa ?

— Il est seulement onze heures, rétorquai-je. Ce n'est pas tard.

— Pas tard, hein ? Tu vas encore à l'école, au cas où tu l'aurais oublié. Tu as besoin de sommeil. Toutes ces veilles te vaudront rien de bon. Rien du tout.

Il fusilla du regard Michael, qui s'écarta un peu de moi.

— Si ça ne fait rien à maman, je ne vois pas ce que ça peut vous faire.

— Ta mère n'a aucun bon sens.

Il n'y avait pas un aspect de notre vie qui n'ait fait l'objet de disputes entre ma mère et moi, mais cela me sortit de l'esprit en cet instant.

— Elle a beaucoup de bon sens, criai-je avec fureur. Elle en a autrement plus que vous n'en avez jamais eu !

Mon grand-père me regarda avec des yeux dangereux, et tout d'un coup, j'eus peur de ce qu'il allait dire.

— Tu devrais pas être assez bête pour traîner avec un type comme ça, dit-il, d'une voix calme et claire, habitée par une rage froide. Je te fiche mon billet qu'il est marié. Voilà le genre de type que tu as ramassé, Vanessa.

Je sautai sur mes pieds et lui fis face. Nos colères se rencontrèrent et se heurtèrent en silence. Puis je hurlai contre lui comme si, en faisant sonner assez fort toutes mes trompettes, je devais ébranler et abattre ses murailles.

— C'est un mensonge! Ne vous avisez pas de répéter une chose pareille! Je vous l'interdis! Je vous l'interdis!

Je courus dans ma chambre et fermai la porte à clef. Ma mère alla calmer mon grand-père dans le salon. Je l'entendais s'excuser auprès de Michael, et je sentais l'énormité de la tâche dont elle devait s'acquitter. Puis grand-père Connor monta lourdement dans sa chambre et je redescendis.

— Allons, Vanessa, dit Michael, en mettant son bras autour de moi. Ne t'en fais pas. Ça n'a pas d'importance.

Néanmoins, à sa permission suivante, il ne vint pas à la Maison de brique. Il n'écrivit pas et ne téléphona pas non plus cette semaine-là.

— Ça recommence comme avec tante Edna, tempêtai-je auprès de ma mère. Tu te rappelles le nombre d'hommes qu'il a mis en fuite? Jusqu'à Wes, personne ne poursuivait longtemps les visites.

— Ce n'est pas vraiment comme ça. Un homme n'est pas si facilement mis en fuite. Ne t'en fais pas. Peut-être que Michael a la grippe ou quelque chose.

Nous étions en décembre, et la grippe sévissait. Je me dis que c'était pour cette raison que j'étais sans nouvelles. Puis j'attrapai moi-même la grippe, au pire moment possible, car il y avait un bal au camp de South Wachakwa, et deux cars venaient chercher les jeunes filles de Manawaka, dûment chaperonnées. Mavis y allait, ainsi que toutes les autres, mais pas moi. Je toussais, j'avais envie de vomir et je sanglotais sur mon sort.

Le lendemain, Mavis vint me voir en rentrant de l'école.

— Ne t'approche pas trop, elle est peut-être encore contagieuse, dit ma mère dans l'entrée.

— Oh, ne vous faites pas de souci, madame MacLeod, dit Mavis. Je suis du genre résistant.

Elle monta dans ma chambre et s'assit sur la chaise de ma coiffeuse. Elle n'avait pas sa tête habituelle. Elle avait l'air anxieuse et… quoi d'autre?

— Mavis, qu'est-ce qu'il y a? Comment était le bal? As-tu vu Michael?

— Ouais, je l'ai vu. Puis elle me raconta.

Michael était avec une brune assez jolie, coiffée à la mode. Quand Mavis avait salué Michael, la fille avait demandé à être présentée, puis elle s'était présentée. C'était la femme de Michael. Elle était venue en visite de Vancouver, une visite surprise. Les parents de Michael lui avaient payé son billet de train. Elle ne pouvait pas séjourner au camp, alors elle était descendue à l'hôtel Queen Victoria de Manawaka pour la semaine. Michael venait le plus souvent possible, ce qui était loin d'être assez souvent à son goût, avait-elle dit en riant. Apparemment, il était obligé de faire ses allées et venues à Manawaka en se cachant comme un criminel, avait-elle ajouté. Ils étaient fous dans l'armée, n'est-ce pas ? Mavis avait dit oui, complètement fous, puis elle s'était éloignée.

— Nessa, je suis désolée, avait dit Mavis. Sincèrement désolée.

Je la croyais. Nous nous connaissions depuis toujours, et depuis la première année d'école, nous nous étions souvent querellées et avions été en compétition pour tout. Mais nous avions de l'affection l'une pour l'autre. Elle était sincèrement désolée. Si elle avait pu faire quelque chose pour m'aider, elle l'aurait fait. Mais il n'y avait rien à faire.

Je ne dis pas à ma mère ce qui était arrivé. Ma manière d'être et la disparition de Michael l'éclairèrent suffisamment.

— Vanessa, me dit-elle timidement un jour. Je sais que tu ne me croiras pas, ma chérie, mais au bout d'un certain temps, tu auras moins mal. Et pourtant, en un sens, tu auras toujours mal. Personne n'y peut rien.

De fait, elle avait raison sur tous les plans. À l'époque, je ne la crus pas. Mais après un certain temps, j'eus moins mal. Pourtant, vingt ans après, dans une certaine mesure, la souffrance est toujours là, parmi les événements qui se sont accumulés, sans que je puisse jamais m'en délivrer totalement.

Pendant les mois qui suivirent, je haïs mon grand-père comme jamais encore je ne l'avais haï. Ce que je ne lui pardonnais pas, c'est d'avoir eu raison. Raison sans le savoir, car je ne crus pas un instant qu'il avait vraiment pensé que Michael était marié.

Je voulais désespérément quitter Manawaka et la Maison de brique, mais je ne voyais pas comment ce serait possible. Suivre un cours de commerce n'aurait pas coûté trop cher, mais je pensais que je ferais une secrétaire minable. Quand je fis ma demande pour entrer dans les Forces armées, on me dit qu'il y avait assez de recrues et on me conseilla de poursuivre mes études. Comment? Avec quel argent? Quand j'eus terminé l'école secondaire, cependant, ma mère me dit qu'en fin de compte, je pourrais aller à l'université.

— Ne fais pas d'histoire, Vanessa, et pour l'amour du ciel, pas de faux orgueil. Je suis allée trouver Patrick Irwin à la bijouterie et il dit que l'argenterie et le Limoges des MacLeod iront chercher dans les trois cents dollars.

— Je ne veux pas. Ce n'est pas juste. Je ne peux pas.

— Bien sûr que tu peux, dit ma mère allègrement, et tu le feras. Ne serait-ce que pour moi. Tu crois que j'ai envie que tu passes ta vie ici? Ne sois pas têtue, ma chérie. Et puis, Wes et tante Edna peuvent aider un peu, ainsi que ta tante Florence et ton oncle Terence.

— Qu'est-ce que tu as fait? Le tour de toute la famille?

— Plus ou moins, dit calmement ma mère, comme si la tigresse cachée en son sein n'avait rien pour surprendre. Père va aussi vendre quelques actions achetées il y a longtemps et qu'il n'a jamais lâchées.

— Lui! Comment as-tu fait ça? Mais je n'accepterai pas un sou de lui.

Ma mère me mit la main sur l'épaule.

— Quand j'avais ton âge, j'ai eu les meilleures notes de la province en dernière année. Je ne crois pas te l'avoir jamais dit. Je voulais aller à l'université. À l'époque, ton grand-père n'était pas partisan des études pour les femmes.

C'est ainsi que je quittai Manawaka. Le jour où je partis pour Winnipeg, Wes et tante Edna m'accompagnèrent à la gare routière. Ma mère ne vint pas avec nous. Elle avait dit qu'elle préférait me dire au revoir à la maison. Mon frère et elle restèrent sur le perron, et agitèrent la main quand Wes démarra. Je leur fis signe, moi aussi. Maintenant, je partais vraiment. Et pourtant, en un sens que je ne savais ni définir ni comprendre, j'étais loin de me sentir aussi libre que je l'aurais cru.

Deux ans plus tard, au début de ma troisième année d'université, je reçus brusquement un coup de fil de Manawaka.

— Vanessa? (La voix de ma mère, distante et proche, me parvenait par-dessus les grésillements de la ligne.) Écoute, ma chérie, tu peux revenir à la maison? C'est père, il vient d'avoir une attaque.

Je pris le premier car pour Manawaka. Le temps que j'arrive, il était mort. Il avait vécu près de quatre-vingt-quatorze ans.

Les funérailles de mon grand-père furent les premières auxquelles j'assistai. Quand ma grand-mère Connor était morte, quand mon père était mort, j'étais trop jeune. Cette fois, j'étais obligée d'y aller. J'avais vingt ans. Je ne pouvais plus espérer être protégée de la cruauté bizarre de ces rituels.

Avant les funérailles, étrangement, je pensai à la mort de mon grand-oncle Dan. Je n'avais pas non plus assisté à ses funérailles, mais à celles-là, je serais volontiers allée. Dan n'avait jamais cessé d'être un authentique Irlandais de théâtre, un bon à rien, qui continua, même sénile, à chanter des chants de rebelles. Pendant des années, grand-père Connor l'avait pratiquement entretenu. Ses funérailles avaient probablement été tranquilles et pauvres, mais dans ma tête, j'avais toujours imaginé celles qu'il aurait dû avoir. Son cercueil aurait été porté sur une charrette à foin festonnée de rubans verts, tirée par six étalons noirs hennissants. Toutes les trompettes et tous les tambours de la fanfare municipale se seraient déchaînés avec le *Glory O, Glory O, to the Bold Fenian Men*[4].

Quelles obsèques aurait-on pu faire à mon grand-père sinon celles qu'il eut? On chanta

---

4. *Cf.* le premier chapitre : il s'agit d'un chant nationaliste irlandais.

les sombres hymnes et il fut envoyé auprès de son Créateur par le pasteur de l'Église unie, qui rappela, comme on pouvait s'y attendre, que Timothy Connor avait été un des pionniers de Manawaka. Il était venu d'Ontario au Manitoba en bateau à vapeur sur la rivière Rouge, et était allé à pied de Winnipeg à Manawaka, gagnant sa vie le long du chemin en ferrant les chevaux. Après quelques années comme maréchal-ferrant, il avait eu assez d'argent pour ouvrir une quincaillerie. Puis il avait bâti sa maison, la première maison de brique de Manawaka. Brusquement, racontés par le pasteur, ces faits qui m'étaient familiers me frappèrent comme si je ne les avais jamais entendus.

Je ne pleurai pas. J'avais envie, mais je ne pouvais pas. Quand il devint obligatoire de voir le corps, selon la coutume établie, je dus me forcer à me lever. Je n'avais jamais regardé le visage d'un mort.

Il avait exactement le même air que vivant. Le même beau visage d'aigle. Il avait les yeux fermés. C'est seulement quand je remarquai ces yeux clos que je compris que la glace bleue de son regard n'étincellerait plus jamais. Je n'étais pas triste qu'il soit mort. J'étais seulement surprise. Peut-être avais-je vraiment cru qu'il était immortel. Peut-être même l'était-il vraiment, selon des voies que je mettrais la moitié de ma vie à comprendre.

Après, nous retournâmes à la Maison de brique. Wes ne buvait pas d'alcool, mais il s'était procuré une flasque de bourbon.

— Allons, dit-il, cela nous fera du bien à tous.

— Je ne dis pas non, répondit tante Edna. Et toi, Beth?

— Pourquoi pas, dit ma mère. J'ai l'impression d'avoir été passée à l'essoreuse.

— Tu sais quoi, continua tante Edna. Je n'arrive pas à croire qu'il est mort. Cela paraît inconcevable.

— Je sais ce que tu veux dire, dit ma mère. Edna… est-ce que nous avons toujours été injustes avec lui?

Ma tante avala une gorgée de bourbon et de limonade.

— Oui, nous avons été injustes. Et lui, il était injuste avec nous.

Je finis mon verre et sortis. Personne n'avait pénétré dans la vieille écurie-garage depuis longtemps. La clef du cadenas de la porte était sans doute perdue depuis des années. Je me frayai un passage entre les planches déclouées du grenier, comme dans mon enfance. Ce n'était plus si simple maintenant, car je n'avais plus la minceur ni l'agilité de mes douze ans.

La Buick MacLaughlin s'était abîmée. Sa peinture brune avait perdu son brillant. La peluche rayée beige et brun des sièges s'était durcie et fanée. La rouille poussait sur la voiture comme le lichen sur les pierres tombales.

Je me demandai ce que cette voiture avait pu représenter pour lui, le petit gars qui avait fait à pied la centaine de milles séparant Winnipeg de Manawaka, avec à peine un sou en poche. Le souvenir d'un souvenir me revint : celui d'une promenade en voiture avec lui, dans les jours anciens où il me semblait aussi grand et admirable que Dieu.

Vingt ans après, je retournai à nouveau à Manawaka. Je n'y étais pas revenue de tout ce temps-là, et je sentis que ce serait la dernière fois que je voyais la ville, car je n'avais plus de raison d'y aller. Tout avait changé dans la famille qui avait été celle de mon enfance, mais j'avais maintenant une autre famille, et l'aîné de mes enfants avait déjà quatorze ans. Après la mort de mon grand-père, ma mère avait vendu la Maison de brique et s'était installée à Vancouver. Mon frère avait grandi, s'était marié et avait à nouveau déménagé. Wes Grigg avait été muté en Nouvelle-Écosse, et les lettres de tante Edna reflétaient toujours son caractère indomptable.

Ma mère était morte. Elle était enterrée dans le cimetière de Manawaka, sous la dalle de granit noir des MacLeod, auprès d'Ewen, son mari, qui était aussi mon père et qui était mort si longtemps avant elle. De toutes les morts survenues dans ma famille, la sienne est celle dont j'ai mis le plus longtemps à guérir.

Un jour, lors d'une visite à Winnipeg, je partis en voiture à Manawaka. J'y allai seule. Cela n'aurait eu de sens pour personne d'autre. Je n'étais même pas sûre que cela aurait un sens pour moi. Mais j'y allai. Je me rendis au cimetière et regardai le granit et les noms. Je me rendis compte en lisant les dates gravées dans la pierre que mon père était mort à l'âge que j'avais maintenant. Je me rappelai avoir dit à mes enfants des choses que ma mère m'avait dites autrefois, formules rituelles de l'affection que lui avait peut-être transmises sa propre mère. *Bien à plaindre les familles qui ne peuvent pas s'offrir une grande dame. Plus il y a de mains, plus la tâche est légère. Ne laissez pas le soleil se coucher sur votre colère.*

Je n'allai pas regarder la tombe de grand-père Connor. C'était inutile. Ce n'était pas son monument.

Je rangeai la voiture à côté de la Maison de brique. La haie de pois de Sibérie était mal entretenue. Personne ne l'avait correctement taillée cet été-là. Il y avait longtemps que c'étaient des inconnus qui vivaient dans la maison. Je n'aurais pas cru que je souffrirais de la voir dans d'autres mains, mais cela me fit mal. J'avais envie de leur dire de tailler les haies, de repeindre les fenêtres, de veiller aux réparations. J'avais craint et combattu le vieil homme, et pourtant il proclamait son existence dans mes veines. Mais c'était leur maison désormais, peu importe qui ils étaient, pas la nôtre, pas la mienne.

Je la contemplai un moment, puis je repartis.

Margaret Laurence, née Jean Margaret Wemyss, a vu le jour en 1926 à Neepawa, au Manitoba. Celle que l'on surnomme « Peggy » n'a que quatre ans lorsque sa mère, Verna Jean Simpson, décède. Son père, l'avocat Robert Harrison Wemyss, se remarie avec la tante de la petite fille, Margaret Campbell Simpson, venue aider la famille, avant de mourir à son tour en 1935. Après ses études, Jean Margaret est embauchée par le *Winnipeg Citizen* puis épouse, en 1947, l'ingénieur Jack Laurence. Le couple s'installe d'abord en Angleterre avant de déménager en Somalie et au Ghana, un séjour qui marquera profondément l'écrivaine.

Désormais mère de deux enfants, Jocelyn et David, Margaret revient au pays en 1957, se sépare de son mari et repart vivre un temps en Angleterre. Son premier roman, *This Side Jordan,* est publié en 1960, suivi par ses mémoires somaliens (*The Prophet's Camel Bell*) en 1963. En 1964 paraît son futur classique, *The Stone Angel* (*L'ange de pierre*), véritable assise d'un ambitieux édifice littéraire mondialement connu sous le titre de *Cycle de Manawaka*. Sous le couvert de la fiction, Margaret Laurence y transpose certains événements de sa vie dans un lieu imaginaire inspiré de sa ville natale. Suivront *A Jest of God* (*Une divine plaisanterie,* 1966, Prix littéraire du Gouverneur général du Canada), *The Fire-Dwellers* (*Ta maison est en feu,* 1969), le recueil de nouvelles *A Bird in the House* (*Un oiseau dans la maison,* 1970) et, enfin, *The Diviners* (*Les Devins,* 1974, Prix littéraire du Gouverneur général du Canada), roman complexe et mature qui vient clore de façon magistrale ce que beaucoup considèrent comme le plus important cycle romanesque canadien.

Tout au long de sa prolifique carrière, l'écrivaine manitobaine a également publié de nombreux articles et essais ainsi que des œuvres pour la jeunesse. En 1972, deux ans avant qu'elle ne revienne s'installer définitivement à Lakefield, en Ontario, Margaret Laurence est nommée Membre de l'Ordre du Canada. S'ensuit une longue période de silence littéraire pendant laquelle l'auteure doit constamment se battre contre la censure de ses livres et pour la reconnaissance de la littérature au Canada. Au fil des ans, elle s'investit de plus dans plusieurs causes environnementales et pacifistes. Cette grande dame des lettres canadiennes met fin à ses jours le 5 janvier 1987, après avoir appris, quelques mois plus tôt, qu'elle souffrait d'un cancer incurable. Ses mémoires, intitulés *Dance on the Earth,* ont été publiés en 1988. Encore aujourd'hui, Margaret Laurence demeure l'écrivaine la plus lue au Canada. Elle a exercé une profonde influence sur des écrivains majeurs tels Robertson Davies, Alice Munro et Margaret Atwood.

Titulaire d'une maîtrise en littérature française de l'Université McGill, Nadine Bismuth a publié en 1999 *Les gens fidèles ne font pas les nouvelles,* recueil qui lui a valu le Prix des libraires du Québec et le prix Adrienne-Choquette, et qui a depuis été traduit en plusieurs langues. En 2004, elle signe un premier roman, *Scrapbook,* parodie d'autofiction à l'humour mordant chaudement accueillie par la critique et les lecteurs, de plus en plus nombreux à apprécier la justesse de son regard sur le couple moderne et l'authenticité de ses personnages. En 2009, elle revient à la nouvelle avec *Êtes-vous mariée à un psychopathe?,* finaliste au Prix littéraire du Gouverneur général. Figure importante de la relève littéraire québécoise, elle écrit aussi pour la télévision et le cinéma.

Composition : Isabelle Tousignant

Illustration de la couverture : Francis Orpen Morris (1810-1893),
extrait de *A Natural History of the Nests and Eggs
of British Birds* (1851)

Conception graphique : Antoine Tanguay et Hugues Skene

Diffusion pour le Canada : Gallimard ltée
3700A, boul. Saint-Laurent, Montréal (Québec) H2X 2V4
Téléphone : 514 499-0072 Télécopieur : 514 499-0851
Distribution : SOCADIS

Éditions Alto
280, rue Saint-Joseph Est, bureau 1
Québec (Québec)
G1K 3A9
www.editionsalto.com

Éditions Nota bene
1230, boul. René-Lévesque Ouest
Québec (Québec) G1S 1W2
Courriel : nbe@videotron.ca
www.editionsnotabene.ca

ACHEVÉ D'IMPRIMER
CHEZ TRANSCONTINENTAL GAGNÉ
LOUISEVILLE (QUÉBEC)
EN FÉVRIER 2010
POUR LE COMPTE DES ÉDITIONS ALTO ET NOTA BENE

Dépôt légal, 1er trimestre 2010
Bibliothèque et Archives nationales du Québec